瞳の中の切望

ジェニファー・テイラー 作

山本瑠美子 訳

ハーレクイン・イマージュ

東京・ロンドン・トロント・パリ・ニューヨーク・アムステルダム
ハンブルク・ストックホルム・ミラノ・シドニー・マドリッド・ワルシャワ
ブダペスト・リオデジャネイロ・ルクセンブルク・フリブール・ムンバイ

DR FERRERO'S BABY SECRET

by Jennifer Taylor

Published by Harlequin Japan, a Division of K.K. HarperCollins Japan, 2024

ジェニファー・テイラー

心温まる物語を得意とし、医療の現場を舞台にしたロマンスを好んで執筆した。科学研究の仕事に従事した経験があるので、すばらしい登場人物を創造することはもちろん、作品を書く際の調べ物もとても楽しんでいたという。夫を亡くしてからは、ランカシャーにある自宅と湖水地方を行き来する生活をしていたが、2017年秋、周囲に惜しまれつつ永眠した。

主要登場人物

ケリー・カーライアン……………医師。
ケイティ・カーライアン…………ケリーの双子の姉。看護師。
ルカ・フェレーロ…………………ケリーの上司で元恋人。医師。
ソフィア……………………………ルカの幼なじみ。故人。
マッテオ……………………………ソフィアの息子。
カルロ・バルドヴィーニ…………ケリーの同僚。医師。
レティツィア・センティーニ……ケリーの同僚。医師。
マリア………………………………ルカの家の家政婦。

1

　ケリー・カーライアンは決心した。退職願を提出し、今週末にはここを去ろう。一晩考えた末、それが唯一の理にかなった解決法だと思った。ここで働くことは長年の夢だったけれど、どんな仕事もこれほどの胸の痛みに耐えるような価値はない。

　医局のドアが開く音が聞こえ、ケリーは鼓動が激しくなるのを感じた。理性では自分がどうするべきかわかっていた。それなのに、ルカと一緒に働くことを恐れていると彼に思われるのはどうしてもいやだった。彼のことはとうの昔に乗り越えたはずだった。彼がほかの女性と結婚するとわかってすぐに。

　実のところ、初級研修医として働くためにこの病院にやってきて、新しい上司が彼だと知ったときはショックだったが、これは仕事なのだから冷静にふるまおうとケリーは決心した。でも、昨日、彼と言い争ったあとで自信がなくなった。ルカ・フェレーロと私の間にはあまりにも多くの過去がある。それなのに、本当に彼と一緒に働けるのだろうか？

「おはよう（ボンジョルノ）、ケリー」

　颯爽（さっそう）と自分の机に向かって歩いていくルカを見て、ケリーは怒りがこみあげるのを感じた。ハンサムなその顔には、彼女が感じているような苦悩の色はまったく見えない。ルカは、またもや自分がケリーの人生を混乱に陥れようとしていることなどまったく気にしていないのだ。だが、もし気にするような人間だったら、そもそも二年前に彼女をあんな目にあわせはしなかっただろう。

　当時のことを思い出し、ケリーは唇を固く結んだ。ルカはケリーが働いていた病院の小児科に、半年間、客員顧問医としてやってきた。それが二人の出会いだった。彼に対して抱いた強烈な感情に、ケリーは自分でも驚いた。彼女はだれかとロマンチックな関係になるよりもキャリアを築くことに忙しかったはずなのに、出会って一週間もたたないうちに、二人は恋に落ちていた。

任期が終わり、ルカがローマに帰ってしまったとき、ケリーは打ちのめされた。二人はいつまでも一緒だとルカは誓ってくれたが、彼を失うのではないかと不安でたまらなかった。ルカがローマに帰って一週間後、またイギリスに来たので会いたいと電話をくれたとき、ケリーは大喜びした。ルカはきっと一緒にイタリアへ行こうと言ってくれるものと思った。ところが、そうではなかった。

ルカはケリーの家にやってくると、勧められた椅子に座りもせず、結婚することになったとだけ告げた。君を傷つけるつもりはなかったとルカは言ったが、ケリーの耳にはもうなにも聞こえなかった。ルカにとって私はもはや必要のない人間になった――それが事実だった。

ケリーはルカを家から追い出し、それ以来、彼には一度も会っていなかった。そして今、ルカはサルデーニャ北部の小児科専門の聖マルゲリータ病院で診療部長の地位につき、ケリーの上司となっていた。

「それで、どうするか決めたかい、ケリー?」

ルカは椅子を引いて腰を下ろした。ケリーは深呼吸をして不幸な記憶を頭から消し去った。ルカからは、ここで働きつづけるのかどうか、今日までに結論を出すようにと言われていた。辞職すると彼女が言いかけたとき、ルカがそれをさえぎった。

「その前に、僕は君に謝らなくてはならない」

「謝る?」ケリーは疑わしげに繰り返した。

「そうだ」ルカは椅子に寄りかかり、机の向こうからケリーをじっと見つめた。「みんなの前であんなふうに言ったのは間違いだった。謝るよ」

「まあ！　そうなの」

ケリーは唇を噛み締め、自分がどんなに感情的になっているかルカに悟られないように願った。昨日の出来事に、彼女はひどくいらだっていた。ある子供の治療法を変更してはどうかとケリーが提案すると、ルカは即座にはねつけた。彼女の意見を却下する前に少しでも考えてくれれば、あれほど不愉快な思いはしなかっただろう。彼の言い方がひどく癪にさわったので、ケリーははっきりとそう言った。もしあのとき彼が呼び出されなかったら、手に負えない口論になっていただろう。ともかく、ルカはケリーにこの病院で働くのは考え直したほうがいいのではないかと言い残し、立ち去った。だが、今の言葉を聞き、もしかしたら謝る必要があるのはルカだけではないのかもしれないと、ケリーは思った。

「私も悪かったわ。あなたの言葉を素直に受け入れ、言い争うべきではなかった」

「じゃあ、お互いに落ち度があったということだ」

ルカはスーツに包まれた広い肩を軽くすくめた。昔からそうだが、彼は黒いスーツを完璧に着こなしている。真っ白いシャツがオリーブ色の肌を引き立て、深いグレーの瞳とつややかな黒髪は、彼を医者というよりも映画スターのように見せている。だが、出会ったとき、ケリーがルカに心を奪われたのはその外見だけではなかった。彼の活気、責任感、知性――それらすべてに彼女は引かれていた。ルカ・フェレーロは、ケリーにとって夢を現実にしたような男性であり、恋に落ちてもなんの不思議もなかった。しかし、その理想の男性に思いもよらない欠点があったのはひどいショックだった。

ケリーはつらい思い出を頭の隅に追いやった。ルカと私が恋人同士だったのはずっと昔の話で、あれからいろいろなことがあった。中でも最も重要な出来事は、私が聖マルゲリータ病院で働くためにサルデーニャにやってきたことだ。

海外へ移り住むことは、ケリーにとっても彼女の双子の姉であるケイティにとっても大きな一歩だった。ケリーはサルデーニャに、ケイティはキプロスに飛んだ。ケリーは姉がどうしているか心配だったが、昨夜、電話で彼女が結婚するというニュースを聞いた。少なくとも、二人のうち一人にとっては今回の海外移住は成功だったことになる。心配事は一つ消えた。たとえここで私が仕事を失ったとしても。

かすかな疑いがわき起こり、ケリーは顔をしかめた。さっきまでは仕事をやめてここを去ろうと決心していたが、心のどこかには、ずっと夢見てきた仕事をあきらめたくないという思いもあった。

「それで、ケリー、これからどうするつもりか教えてくれるかい？」

ルカに返事を促され、ケリーは再び動揺した。なんと答えればいいのかわからない。辞表を提出するべきだろうか？　それとも、ここにとどまるべきだろうか？　ここにとどまれば、毎日ルカと顔を合わせなくてはならない。彼に対してほかの同僚と同じように接することができるだろうか？　あるいは昨日のように、過去の記憶が絶えず二人の関係に影響を及ぼしてしまうだろうか？

「君にとってこれが大変な状況だというのはわかるよ、ケリー。でも、僕にとっても簡単な話ではないんだ」

ルカの口調が穏やかになった。ケリーはささくれだった神経をそっと撫でられたような気がして、身を震わせた。いつもそうだ。ルカになにか言われただけで、ちょっと触れられただけで、私は彼のなすがままになってしまう。そのことが、ケリーがここを去るべきだと思うもう一つの理由だった。彼女は二度とそんな気持ちになりたくなかった。今のルカは結婚していて、決して近づいてはならない存在だ。そうわかっていても、体に走る熱い震えをとめることができない。

「どうしてあなたが動揺するのかわからないわ、ルカ」心を裏切るような体の反応を抑えるため、ケリーは鋭い口調で言った。「あなたはイギリスを去ったとたん、私のことなど忘れてしまった。ほかに考えるべきことがたくさんあったからよね？」

「それがイタリアに戻ってから僕の人生が劇的に変化したという意味なら、否定はしない」ルカは静かに答えた。「でも、だからといって、イギリスで君と分かち合った思い出を忘れたわけではないよ。イギリスにいる間、君は僕にとって重要な存在だった。だから今の状況は、君と同じく僕にとってもつらいものなんだ。だが、僕たちは大人なのだし、仕事だけに集中していれば一緒に働けると思う」

「それは、私がここにとどまってもいいという意味？」ケリーは驚いて尋ねた。ルカがそんなことを言うとは思ってもみなかった。再会して以来、ルカは冷淡と言っていいほどよそよそしかった。二人が一緒に過ごしたことなど覚えてもいないかのように。とはいえ、彼にとって二人で過ごした時間が大切なものだったとわかっても状況が変わるわけではない。

「ああ。だが、あくまで君が望むならの話だ」ルカはケリーをじっと見つめた。「君が正しいと思っていないことを強制したくはない。僕は医師としても人間としても、君を心から尊敬しているから」

「ありがとう」再び心をかき乱され、ケリーは鋭く息を吸いこんだ。「私はここにいるわ。小児科専門の病院で働くのは私の長年の夢だった。この仕事が決まったときは自分の幸運が信じられなかったわ」

「僕もさ」ルカは再び椅子にもたれ、口元に笑みを浮かべた。「世界じゅうからおおぜいの医師がこの地位に応募していたから、まさか自分が診療部長に選ばれるなんて思ってもみなかった」

「そんなに謙遜しないで」ルカの笑顔を見て、ケリーの緊張もほぐれていった。これが私の記憶の中にいる本来のルカだ。温かく、思いやりのある男性。マンチェスターの病院で人気があったのも当然だろう。病院じゅうの女性たちがルカに憧れていたが、彼が選んだのはケリーだった。そう思うと興奮がこみあげたけれど、ケリーはそれを無視した。彼女は気軽な雰囲気を保とうとして笑った。「あなたほど優秀な小児科医なんてめったにいないと、自分でもよくわかっているでしょう、ルカ」

「君を僕の宣伝部長として雇うべきかもしれないな。君は僕の自尊心をおおいにくすぐってくれる」

ルカはケリーにほほえみ返してから、急にまじめな顔になった。彼が二人の間に距離をおこうとしているのを感じ、ケリーは失望を覚えた。だが、それはばかげたことだ。二人の関係を厳密に仕事上のものにしようという彼の態度を喜ぶべきだろう。

「君はすばらしい医師だ、ケリー。この病院が君を雇ったのが証拠さ。君が面接を受けたとき、僕はまだここにいなかったが、もし意見を求められたら迷わず君を推薦していただろう」

「ありがとう。あなたにそう言ってもらうのは本当にうれしいわ。私はてっきり……私がなにを考えていたかわかるでしょう?」

「機会があれば、僕が君をここから追い出そうとするとでも思ってたのかい?」ルカはため息をついた。「僕は君がここで働くことのメリットを考えていたんだ。君の将来は非常に有望だ。僕は君がどんなにこの仕事に打ちこんでいるか知っているから、君の可能性をつぶすようなことだけはしたくない」

ルカの口調のなにかがケリーの心に引っかかった。彼が私のキャリアについて心から心配してくれているのはよくわかる。そう思ってケリーが返事をしようとしたとき、電話が鳴った。彼女はルカの電話が終わるのを待った。受話器を置いた彼の暗い顔を見れば、それがよくないニュースなのは明らかだった。

「アレッサンドロ・アレッシ——昨日、回診のときに診察した男の子が発作を起こしたらしい。僕は直接病棟へ行くから、君はみんなに患者のところへ来るように言ってくれるかい？」

「わかったわ」

ケリーはスタッフルームに行き、ルカの伝言を伝えた。病棟へ向かう途中、彼女はほかのスタッフの好奇の目を無視した。昨日、あんな出来事があったから、ケリーがこの病院をやめるのかどうか、彼らは興味津々だった。

病棟のドアを押し開け、看護師長と話をしているルカを見たとき、ケリーは心臓が締めつけられた。ここを去ろうが去るまいが、つらい思いをすることにかわりはないのだと彼女は悟った。

「ありがとう(グラッツェ)」ルカは師長にカルテを渡し、ベッドの方へ歩いていった。十歳のアレッサンドロは、ひどい頭痛と高熱で十日前から入院していた。ルカはすぐに細菌性髄膜炎を疑い、腰椎穿刺(ようついせんし)を待たずに少年を集中治療室に入れた。その直後、細菌性髄膜炎特有の発疹(ほっしん)が現れたが、少年はすでに抗生物質の投与を受けており、一命をとりとめた。だから今ごろになって病状が悪化したのはショックだった。

「発作はどれくらい続いたんだい？」ルカは少年に目を向けたまま尋ねた。スタッフが集まってきたのがわかったが、顔を上げなかった。気を散らされたくなかったのだ。

だが、ある人物がそばを通り過ぎたとたん、脈が速くなった。そちらを見なくても、ケリーだとわかった。彼女がこの病院に来て以来、ルカの体内のレーダーは敏感になりすぎていた。ケリーが部屋のどこにいるか、彼は完璧な正確さで示すことができた。

そして、そんな事実にひどく困惑していた。

　僕にはこんな感情を抱く余裕はないはずだ。僕は一生マッテオを愛し、大切にすると、ソフィアに約束した。その約束はなんとしても守るつもりだ。僕の人生には息子以外の人間が入りこむ余地はない。それに、僕はケリーを自分の厄介事に巻きこんで彼女の有望なキャリアをだめにしたくない。

「発作はどのくらい続いたんだ？」ルカはよけいな考えを頭から追い払い、もう一度尋ねた。

「五分ほどです」師長は答えた。「看護師に呼ばれて私がここに来たときにはおさまっていました。でも、すぐにあなたにお知らせするべきだと思って」

「君の判断は正しかったよ。病状に変化があったときはできるだけ早く僕に知らせてくれ」ルカはきっぱりと言った。看護師によっては、自分たちの手に負えなくなるまで彼を呼びたがらない者もいるが、それで悲劇が防げるなら、彼は何度呼び出されてもかまわないと思っていた。

　ルカは少年にほほえみかけた。「それで、気分はどうだい、アレッサンドロ？」

「大丈夫そうだよ」少年はつぶやいた。

「よかった（ベーネ）」ルカはうなずいたが、少年は前回の診察のときよりもぼんやりしていた。ルカはポケットからペンライトを取り出し、光に対する反応を調べた。ほんのわずかだが、右目の反応が遅いようだ。別の医師に確かめてもらったほうがいいだろう。

　ルカはスタッフを見まわし、全員揃（そろ）っているのを見てほっとした。この地位についたとき、回診には決して遅刻しないようにと全員に伝えた。ルカは彼らに、いつでも百パーセントの力を仕事にそそぐことを求めていた。ルカは三十代の熱心な上級研修医、カルロ・バルドヴィーニから、その隣の初級研修医、レティツィア・センティーニへ視線を移した。レティツィアにほほえみかけられても、ルカは知らん顔をした。彼女はなんとかルカを誘おうとしているが、彼はまったく興味がなかった。

　視線がケリーでとまると、ルカはふいに胸が締めつけられた。同僚として彼女と付き合っていくのはとてもつらいだろう。ルカはこれまで、ケリーほど心を動かされる女性に出会ったことがなかった。彼女に出会ったとき、ルカは心の伴侶(はんりょ)を見つけたと感じた。だが、ソフィアから身ごもっている赤ん坊の話を聞き、自分はケリーを手放さなくてはならないと悟った。

　今もその決心に変わりはないが、ケリーを見ていると、状況が違っていたらと考えずにいられなかった。もしソフィアと赤ん坊のことを考えなくてよかったなら、彼は今もケリーと別れていなかっただろう。

2

「わずかですが、右目の反応が鈍いようです」

　ケリーは冷静を装ってルカの方を見た。昨日の出来事のあと、まさか彼が自分の見解を尋ねるとは予想もしていなかった。

「ああ。僕もそう思った」

　ルカはペンライトを受け取り、再び少年の上にかがみこんだ。ケリーはほっとして息を吐き出した。少なくとも、私たちはなんとか折り合えた。この調子でやっていければ、私はここにとどまることができるだろう。

　ケリーは速くなった鼓動を無視した。まだ結論を出すのは早い。そう思ったとき、突然、レティツィアがケリーを肘で押しのけて前に出た。ケリーは驚いて彼女の方を見た。

「閉塞を起こしていることも考えられます」今までケリーがいた場所に立つと、レティツィアは言った。「頭蓋内に過剰に髄液がたまると、子供は発作を起こす可能性がありますから。脳圧を緩和するためには手術が必要です」

「それも選択肢の一つだ」ルカは穏やかに答え、ケリーを見て眉を上げた。「君はどう思う、ケリー？ レティツィアの言うように手術をするべきかな？」

「今の段階では確実なことは言えません」憎々しげなレティツィアの視線を無視し、ケリーは答えた。「本当に閉塞を起こしているか調べるために、CT検査をする必要があると思います」

「そのとおりだ。手術を急ぐべきではない」ルカはレティツィアの方をちらりと見た。「アレッサンドロのCT検査を手配してくれるかい？ その結果を見て対応を考えよう。まだ体内に細菌が残っているかもしれないから、それも調べる必要がある」

「腰椎穿刺をなさいますか？」レティツィアは即座に尋ねた。

「いや。脳圧が上がっている可能性があるときは、腰椎穿刺は絶対にしてはいけない」ルカはきつい口調で言った。「まずは血液検査だ」

ルカは看護師長に指示を出すためにベッドを離れ、ケリーはほかのスタッフのあとについて隣のベッドへ移動した。レティツィアはケリーに敵意のこもった視線を向けてから電話をかけに行った。ケリーはため息をついた。敵を作るつもりなどないのに、そうなってしまったらしい。とはいえ、今の状況でレティツィアの意見を認めることはできなかった。

残りの回診は何事もなく終わったが、ケリーはできるだけレティツィアの注意を引かないようにしていた。回診のあと、午前中は外来の診察を担当する日だったので、ケリーは診察室のある一階へ下りていった。外来の医局では、受付係のセラフィーナがにっこりして迎えてくれた。

「おはよう（ボンジョルノ）、ケリー。今日はあなたの患者さんがたくさんいるわよ。ドクター・フェレーロが特別に診察したいという子供たちも何人か来てるんだけど、先生はそろそろいらっしゃるかしら？」

「もうすぐ来ると思うわ」ケリーは答え、診察リストを手に取った。セラフィーナの言うとおり、患者はおおぜいいる。昼食をとる時間がないかもしれないが、ケリーはそれでもかまわなかった。

リストを机に置き、彼女は積みあげられたファイルを持ちあげた。

「そろそろ始めるわ」そして、周囲を見まわしたとき、ドアが開いてルカが入ってきた。彼はリストを手に取ったが、その腕がケリーの肩をかすめた瞬間、彼女は息がつまった。

「君に相談したい症例があるんだ、ケリー」ルカはちらりとケリーの方を見たが、彼女の動揺にはまったく気づいていないようだった。彼の声は冷静そのもので、ケリーはなぜかそのことに失望を覚えた。

「診察が終わってから、僕のオフィスに来てくれ」

ルカは返事も待たずに部屋を出ていった。もちろん、待つ必要はない。彼は上司で、ケリーは彼の指示に従うのが当然だ。とはいえケリーは、仕事上の二人の関係には、今、彼女が感じたような感情はまったく含まれないという事実を思い知らされていた。

ケリーは急ぎ足で研修医用の診察室に向かった。ドアにはプラスチックの名札が差しこまれている。ケリーは足をとめ、それをじっと見つめた。自分の立場を確認する必要があったからだ。〝初級研修医ドクター・ケリー・カーライアン〟

私はルカのチームの一メンバーにすぎない。もしここにとどまるつもりなら、彼を心から愛していたことを忘れなくては。過去を振り返ってはならないし、さっきみたいに動揺してもいけない。

ルカの腕が肩をかすめたときのことを思い出し、ケリーの体は熱くなった。ルカに軽く触れられただけで、肌が焼けるような感覚を覚える。かつて彼に触れられるといつもそうだったように。ルカは最高の恋人だった。彼はケリーに人の愛し方、愛され方を教えてくれた。ルカの腕の中で彼女は生まれ変わった。だが、再び同じことが起きるなどと期待してはならない。今のルカは結婚していて、二度と私をあんな気持ちにさせることはないのだ。

涙がこぼれそうになり、ケリーはあわてて診察室に入った。ファイルを机の上に置くと、ジャケットを脱いで白衣をはおり、洗面台の上の鏡をのぞいた。

赤い髪は低い位置できちんとまとめられ、控えめな化粧も崩れていない。少なくとも、外見はいつもどおりだ。だが、深いグリーンの瞳は暗く陰っていた。二人が触れ合ってもルカがまったく動揺しなかったという事実に、ケリーはひどく傷ついていた。かつて彼女は、二人が心から愛し合っていると信じていた。だが、それは間違いだった。ルカはあのときも今も、彼女を愛してなどいなかったのだ。

「入ってくれ」

オフィスのドアが開いてルカは身構えたが、現れたのは伝言を伝えに来たセラフィーナだった。コーヒーをいれましょうかと尋ねた彼女に、ルカは笑顔で首を振った。

「いや、結構だ」

彼女が出ていくまでなんとか笑顔を保ったものの、ルカの中では緊張感が高まっていた。朝からずっと、ケリーの肩に自分の腕が触れたときのことを忘れようとしていたが、今もその感触は消えなかった。ケリーの柔らかくなめらかな肌の感触が。

ルカは罵(ののし)りの言葉をつぶやいた。それはイタリアで最も貧しい地区で育ったころに覚えた言葉だった。彼がいた施設の職員たちは最低の言葉だと叱(しか)りつけ、彼の口を水と石鹸(せっけん)で洗った。だが、ルカはその言葉を使うのをやめなかった。それ以外に、身を焦がすような痛みと怒りから逃れるすべはなかったからだ。

そういう言葉を使うのをやめようと決心したのは、医師になってからのことだった。怒りや少年時代のつらい記憶は消えたわけではなかったが、ケリーに出会って以来、それらは薄れはじめた。ケリーはルカに、彼がもはや乱暴で心のすさんだ不良少年ではなく、一人の女性に愛されている男だということを教えてくれた。ケリーに愛されている男だということを。

状況さえ違っていたら、僕は一生ケリーに愛されていただろう。そう思うとルカはひどくつらかった。だが、選択の余地はなかったのだ。ソフィアはルカを必要としていた。彼女と生まれてくる赤ん坊を見捨てて生きていくことはできなかった。ルカは一つの愛を捨て、もう一つの愛を選んだ。その決断を後悔してはいない。彼はケリーを心から愛していたが、彼女はソフィアほど彼を必要としてはいなかった。

再びドアがノックされ、もの思いにふけっていたルカは飛びあがった。「入ってくれ」彼は言い、いかにも忙しそうなふりをしてメモの束を手に取った。

ドアが開いても、ルカは顔を上げなかった。その必要はなかった。入ってきたのはケリーだとわかっていた。彼女の香りや息づかい、存在感を、全身の神経が感じ取っていた。ルカはつかのま、その感覚を深く味わい、記憶の奥にしまいこんだ。

「外来の診察はどうだった?」ほかのスタッフと話すときと同様、礼儀正しく、少しよそよそしい口調でルカは尋ねた。ドクター・ルカ・フェレーロは自分自身について決して語らない。現在のことも、少年時代のことも。忙しいので同僚たちと親しく付き合う暇もない。ルカはすべての時間を仕事と息子のために捧げていて、今後もそうするつもりだった。ケリーがここに来た今となってはなおさらだ。なぜなら、彼女はルカに自分の選んだものについて疑問を抱かせ、彼が今、手にしている以上のものを求めさせるからだった。

「問題なかったわ。ほとんどが継続治療の子供だったから」

「よかった」やっと顔を上げたルカは、一瞬、心臓がとまりそうになった。ケリーの美しい髪が光り輝いて見えるのは、彼女が日差しの中に立っているせいだろう。だが、僕には関係ないことだ。僕はすべての注意を仕事に向けているはずなのだから。

ケリーがわずかに身じろぎした。白衣の下のしなやかな体が動き、ルカの心臓が再びとまりそうになった。ルカはケリーに近づいて白衣を脱がせ、その下のブラウスをはぎ取りたい衝動に駆られた。彼女の肌の色がそのブラウスとほとんど同じ色――しみ一つない、なめらかなミルク色だということを、彼は知っていた。ゆっくりとブラウスの前をはだけ、ケリーの香りや肌のぬくもりを味わうことを想像した。それから彼女を腕の中に抱き寄せ……。

「相談したい症例があると言っていたけど」

ケリーのてきぱきした声に空想をさえぎられ、ルカは思わず声をもらしそうになった。こんな危険な空想にふけるなんて、いったい僕はどうしてしまったんだ？

「ああ」ルカは立ちあがり、キャビネットに向かいながら手ぶりだけでケリーに椅子を勧めた。彼女が座ろうが立っていようがかまわないとでも言いたげに。だが、本当はケリーのことが気になってしかたがなかった。彼女がここにとどまるのかどうか、どれくらい彼女と過ごせる時間が残されているのか、知りたくてたまらなかった。

　ルカはばたんと引き出しを閉めながら、自分の思考もこんなふうに簡単にしまいこめたらいいのにと思った。「患者の名前はドメニコ・デル・ピエトロ、両親と一緒にパラオに住む十五歳の少年だ」ルカはケリーにファイルを渡し、腰を下ろした。「いくつかの検査のあと、主治医が彼をここに送ってきた」

　治療歴を見て、ケリーは眉をひそめた。「発熱、頭痛、筋肉痛、圧痛、吐き気。全身の倦怠（けんたい）感と不調」彼女は顔を上げた。「精神状態についてはなにも書いてないわね。診察してみてどうだった？」

「少しふさぎこんでいる」ルカは答え、内心ほほえんだ。ケリーはすでに正しい方向に考えを進めているようだ。彼女はとても鋭いし、診断も早く正確だが、僕と同じ結論に達するまでにどれくらい時間がかかるだろう？「この数カ月間、ドメニコは学校の授業にもまったく集中できなかったらしい。以前はトップクラスの成績だったが、最近はひどいものだそうだ」

「パニックを起こしたり、睡眠障害が見られたりはしないの？」

「それは報告されていない」

「神経系統の検査はおこなわれたのかしら？」

「まだだ。ドメニコは明日、入院することになっているから、そのときに検査をするよ」

「単球増加症は除外してあるようだけど、彼はちょうどその病気が多い年齢だわ。まずはその可能性が考えられたんでしょうね？」

「ああ。だが、検査の結果は陰性だった」ルカは椅子の背にもたれた。「それで、なにか思いつくことはあるかい、ケリー？」

「ＭＥではないかと思うわ。どの症状も筋痛性脳脊髄炎（ＭＥ）で見られるものだから」

「じゃあ君は、MEは鬱病のような精神疾患によって生じる状態ではなく、実際の病気だという説をとるんだね?」

「ええ」ケリーはルカの目を見た。「MEの患者はみんな鬱状態よ。四六時中、具合が悪ければ、だれでもそうなるでしょう。でも、MEには必ず物理的な原因があるはずよ。MEの症状を示す患者の大部分は、過去にウイルスによる感染症にかかっている。そうじゃない?」

「ドメニコは半年前に上気道系の感染症にかかっている」

「そのあとでMEの症状が現れたの?」

「そうだ」ルカはケリーが一つ一つパズルを完成させていくのを見るのが楽しかった。

ケリーはファイルを手に取り、検査結果に目を通してうなずいた。「最近の数値はすべて異常なしね。そうだろうと思ったわ。MEの場合、検査結果に異常が出ることはめったにないから」

「ああ。それで、君はどうするべきだと思う?」

「神経科の検査結果を見てから決めるべきでしょうね」ケリーは即座に答えた。

「僕もそうしようと思っていた」ルカは満足感を隠しきれずにほほえんだ。ケリーは彼の期待していたとおり、優秀だった。「君がこの患者を担当したらどうかな、ケリー? この症例の推移を見ておくのはいい経験になるだろう」

「ぜひそうさせて。ありがとう」ケリーはルカにほほえみ返し、立ちあがった。「話が終わりなら、私は戻るわ。時間が足りなくて、午前の患者を午後にまわすことになったの。診察前に彼らの症例記録に目を通しておきたいから」

ルカは顔をしかめて腕時計を見た。「今は昼休みだろう」

「かまわないわ。患者の前でまごつかないように、準備しておきたいのよ」

ケリーが部屋を出ていくと、ルカはため息をついた。仕事をせずに休憩をとるようにとは言えなかった。ほかのスタッフにはそんなことを言わないのだから、ケリーだけ特別扱いはできない。それに、休憩時間にまで仕事をすると決めたのはケリー自身だ。

ルカはファイルをしまい、再び机の前に座った。そして、家政婦に電話をしてマッテオのようすを尋ねてから、書類仕事を再開した。ケリーが昼休みも働くなら、僕もそうしよう。するとどういうわけか、忙しく働いている彼女に対する罪悪感が少し薄れた。

だが、ルカはすぐに気づいた。ケリーのことを心配するのはやめ、彼女のしたいようにさせなくては。いったん彼女にかかわりはじめたら、自分をとめられなくなるだろう。

3

「チャオ」

ケリーは病棟の看護師たちに手を振り、スタッフルームに向かった。やっと忙しい一日が終わった。外来の診察のあとはずっと症例記録を書いていて、午後の回診の直前までかかってしまった。

レティツィアは、回診の始まる数分前に病棟に駆けつけたケリーにわざとみんなの注意が集まるように仕向けた。ルカはなにも言わなかったが、そのあと一時間ほどケリーを無視していた。冷たく無関心な態度をとられるくらいなら、厳しくとがめられたほうがまだましなのに。

そんなことを思いながら暗証番号を打ちこみ、ケリーは職員用の宿舎に入った。エアコンの冷たい風が肌に当たると、思わず喜びの声がもれた。サルデーニャに来てからずっと暑い日が続いていて、気温は常に三十五度前後ある。エアコンなしでは、とても耐えられないだろう。階段をのぼる途中、この宿舎に入れて私は本当に幸運だったとケリーは思った。空室が出るのを待っている職員もたくさんいるらしいのに、なぜ私がすんなり入れたのかわからない。もしかしたら、ルカが手をまわしてくれたのだろうか？

ルカが自分のために骨を折ってくれたのかもしれないと思うと、ケリーの鼓動は不規則になった。だが、すぐにそんな考えを振り払った。ルカは私をここに住めるようにしてくれるどころか、私がどこに住んでいるかも知らないだろう。部屋に入ると、ケリーはまっすぐキッチンへ行き、ミネラルウォーターをグラスについだ。そして、それを持って居間へ行き、腰を下ろした。

部屋の内装はグレーとクリーム色で控えめにまとめられている。家具は食器棚とキャビネット、小さなソファと肘掛け椅子が備えつけられていた。ケリーはいくつかの個人的なもの――ケイティや両親と一緒に撮った写真、装飾品などを置いてみたが、どうも自分の家らしくならなかった。いかにも忙しい仕事から帰ってきて寝るだけの場所という感じだ。自分の本当の居場所を見つけるまでは、いつまでも訪問者のような気分のままだろう。でも、この仕事を続けるかどうかはっきりするまでは、ここに根を下ろそうなどと思わないほうが賢明かもしれない。

また考えが堂々めぐりを始めてしまい、ケリーはため息をついた。今後どうするか早く結論を出さなくてはならないが、今はあまりにも疲れすぎていて考える気にもなれなかった。今夜は看護師の一人の誕生パーティがあり、ケリーも誘われていた。港の近くのレストランでみんなと落ち合うことになっていたので、彼女はシャワーを浴び、白いコットンのジーンズと黒いタンクトップに着替えた。髪はブローするのに時間がかかるので、まとめてポニーテールにした。これでほうっておいても自然に乾くだろう。三十分後、ケリーは再び部屋を出た。

病院の敷地を抜けると、湾を見渡せる道を港に向かって歩いた。美しい夕方で、太陽が青い海に沈もうとしていた。湾には客船が錨を下ろし、たくさんの艀が客船と岸の間を忙しく行き来して客を運んでいる。あたりには道に植わった松の木の香りが漂い、丘の斜面には、生い茂った木の向こうに立つ豪華なヴィラが見えた。

以前住んでいたせわしないマンチェスターに比べたら、ここは本当に平穏だ。絶対にあんなところには戻りたくない。でも、ルカとうまくやっていけないなら、戻るしかないだろう。今日は懸念していたよりもうまくいったが、ルカがそばにいるときはひどく緊張した。状況がよくなるかどうか、もう少しようすを見るしかない。

半分ほど丘を下ったところで、オートバイが背後からせまってくる音が聞こえた。すぐ先がカーブになっているので、ケリーはオートバイを先に行かせることにした。このあたりでは若者たちが危険なほどのスピードでオートバイを乗りまわす。彼らには近づかないほうが安全だ。

ケリーが道路の端によけたとき、なにか動くものが視界に入った。ある屋敷の私道から、三輪車に乗った小さな男の子が道路の真ん中へ出てきた。男の子はもちろん自分が危険に直面しつつあることには気づいていない。事故を防ぐために、どうにかしなくては。

ケリーは夢中で走りだし、オートバイが突っこんでくる直前に子供を腕に抱きあげた。甲高いブレーキの音が聞こえたが、オートバイがとまったかどうか確かめる余裕はなかった。ケリーは子供とともに道路わきの芝生にころがった。肘が大きな石にぶつかり、体に痛みが走った。だが、子供が心配で自分のことを気にしてなどいられなかった。彼女はなんとか立ちあがり、急いで子供の体を調べた。

「いい子ね」ぽっちゃりした手足を撫(な)でながら、ケリーは言った。幸い、頬にすり傷ができただけで、怪我(けが)はないようだ。だが、オートバイに乗っていた若者がどうなったか考えると恐ろしかった。

　子供を立ちあがらせてから、ケリーは若者に駆け寄った。彼は道路わきに倒れ、うめいていた。そばにかがみこむと、すぐに右腕が折れているのがわかった。複雑骨折で、肉を破って骨の一部が飛び出している。子供を芝生に座らせ、ケリーはバッグの中から清潔なハンカチを取り出した。そして、感染症を防ぐために若者の傷口をおおった。それから急いで彼の体を調べたが、ほかに骨折はなさそうだった。ただし、ヘルメットをかぶっていなかったので、頭に怪我をしている可能性がある。

「助けを呼んでくるわ」これ以上、自分にできることはないと判断し、ケリーは若者に告げた。今、一番重要なのは、彼をできるだけ早く病院に運ぶことだ。

　若者がイタリア語でなにか叫んだが、ケリーは首を横に振った。彼女のイタリア語は病院で患者と話をするくらいなら不便はないが、若者の言葉には強い訛(なまり)があり、聞き取れなかった。

「あなたの言葉はわからないの」ケリーはヴィラを指さして言った。「助けを呼んでくるわ……助けよ(アユート)」

　ケリーの言うことがようやく伝わったらしく、若者はうなずいた。彼女は男の子を抱きあげ、屋敷に向かった。あの家にだれかいてくれれば、電話を借りて救急車を呼べるだろう。

「マッテオ！」

ヴィラに続く私道からふいに一人の男性が現れ、ケリーの足がとまった。それがルカだとわかり、彼女は息をのんだ。まさかこんなところで彼にでくわすとは思ってもいなかった。彼はケリーに向かって走ってくると、自分の腕の中にすばやく子供を受け取った。

「なにがあったんだい？」

「事故よ」男の子がルカにしがみつくのを見ながら、ケリーは答えた。この子は明らかにルカのことを知っているようだ。二人はどういう関係なのだろう？

「事故だって？」ルカは心配そうに男の子を見て繰り返した。

「ええ、でも、この子は大丈夫。頬にちょっとすり傷ができただけで。ほら……」ケリーは男の子の髪を払い、ルカに傷を見せた。今は彼とこの子の関係を尋ねている暇はなかった。「この坊やが三輪車で道路に出てきたところへ、オートバイが走ってきたの。その若者はなんとか坊やをよけることができたけど、自分の腕を骨折してしまった。それで助けを呼びに行こうとしたら、あなたが現れたのよ」

「そうか」ケリーの話を聞き、ルカは口元をこわばらせていた。怒っているのだ。無理もない。男の子はまだ二歳くらいだから、一人で外に出すには幼すぎる。

「家に入って、電話で救急車を呼ぶように言ってくれ」ルカは簡潔に指示した。「僕はその若者のようすを見てくる」

「わかったわ」

ルカは急いで立ち去ろうとしたが、ケリーは彼を呼びとめた。

「私が坊やを連れていきましょうか？　お母さんがさがしているかもしれないから」

ルカの顔になにかの感情がよぎったが、ケリーにはその意味はわからなかった。「ありがとう。だが、この子は僕が連れていくよ」

それだけ言うと、ルカは急ぎ足で怪我人の方へ向かった。彼が若者のそばにひざまずくのを見て、ケリーも歩きだした。なにか見落としている気がするが、今はそんなことを考えている余裕はない。

ケリーは急いで私道を歩いていった。その屋敷は美しかった。平屋建てで、片側に小さな塔がついていて、傾斜のゆるい屋根にテラコッタの瓦が葺いてある。この地域の特徴的な建物だ。真っ赤な花をつけたブーゲンビリアが壁を這い、大きなドアには真鍮のノッカーがついている。いつかゆっくりとこの家を見せてもらいたいものだとケリーは思ったが、今は怪我人のために助けを呼ぶのが先だった。

ドアをノックすると、やがて足音が聞こえ、年配の女性が出てきた。「はい？」

「おじゃまをして申し訳ありません」ケリーは言った。「前の道路で事故があったんです。救急車を呼んでいただけますか？」

「事故？」女性は手で口をおおった。「マッテオですか？　あの子が怪我をしたんですか？」

「いいえ、坊やは大丈夫です」ケリーは請け合った。「怪我をしたのはオートバイに乗っていた若者です。ドクター・フェレーロがつき添っていて、あなたに救急車を呼んでもらうようにと言っています」

「はい、すぐに」

「ありがとう」ケリーはほほえんで礼を言い、屋敷を離れた。彼女が道路に戻ったとき、ルカは若者の左の足首を見ていた。

「足首を捻挫したか、もしかすると靭帯が切れたかもしれない」ルカは言い、ケリーを見あげた。

「気がつかなかったわ」彼の横にかがみこみ、ケリーは言った。「私ったら、腕のことばかり気にしていて。ごめんなさい」

「謝る必要はないよ。この若者に聞いたんだが、君がいなかったら、もっと深刻な事故になっていたようだね」ルカは言い、無邪気に小石で遊んでいる男の子の方を見た。激しい感情を抑えているようだった。「君が抱きかかえてオートバイをよけてくれなかったら、マッテオは死んでいたかもしれない。どんなに感謝してもしきれないよ、ケリー」

「きっとこの若者がなんとかよけてくれたでしょう」ルカに負い目を感じさせたくなくて、ケリーは明るく言った。

「そうかもしれないな」

ルカはそう言ったきり、黙りこんだ。借りを作らずにすんでほっとしているのだろう。私が彼の立場なら同じように感じたはずだと、ケリーは思った。ルカと一緒に働くつもりなら、彼との間に距離をおかなくてはならない。そんなことができればの話だが。

幸い、それ以上よけいなことを考える前に救急車が到着した。ルカは救急隊員に事故について説明したあと、ほかにつけ加えることはないかとケリーに丁寧に尋ねたが、彼女は首を振った。非常に優秀な医師であるルカの仕事に口をはさむ必要などあるはずもなかった。

ルカが男の子を抱きあげたときに浮かべたやさしい表情を見て、ケリーは眉をひそめた。マッテオという子はいったいだれなのだろう？なぜこの子はルカにとってそんなに大切なのだろうか？

怪我人が救急車に運びこまれるのを見守っている間、ルカの心臓は轟(とどろ)くように激しく打っていた。マッテオがいないと気づいたとき、彼は言葉にできないほどの恐怖を覚えた。門が開いているのが見え、急ブレーキの音が聞こえたときは、内臓が溶け出したような気がした。

マッテオの小さな温かい体を抱き締めると、胃が締めつけられた。マッテオはすぐに窮屈そうに身をくねらせたので、ルカは腕の力を抜いてほほえんだ。

「家に入ってなにか飲もうか？」

「うん」マッテオは喜んで手をたたいた。

自分がどんな危険な目にあったか、マッテオは気づいていないらしい。ルカはほっとした。どんな子供も、僕やソフィアが子供のころに味わったような苦しみを味わうべきではない。子供は愛と幸せに包まれて成長するべきだ。僕が今のマッテオとたいして変わらない年齢のころに知った恐怖ではなく。ルカのいた施設では、毎日が残酷な行為に満ちていた。肉体的な虐待はもちろん、さらにひどいことには精神的虐待もあった。おまえはなんの価値もない人間だと繰り返し言われつづけることは、体を痛めつけられるよりもっと大きな痛手だった。マッテオをそういう不幸から守るためなら、ルカは喜んで自分の人生を捧(ささ)げるつもりでいた。

そんなことを考えていると、いつもはしっかりとかけてある心の扉の鍵(かぎ)が開いてしまい、ルカはぱっと振り返った。今は過去の記憶にひたっている場合ではない。彼は救急隊員に最後の指示を与えてから、ケリーの方に向き直った。自分がひどく感傷的になっているのを気づかれないようにと祈りながら。彼女と一緒にいるときは自制心を保たなくてはならない。子供時代の記憶と同様、自分自身の感情も封じこめておかなくては。

「家に入って、コーヒーでも飲んでいかないか？」

ケリーが断ってくれることを期待しつつ、ルカは誘った。彼女を家の中に入れるなんて間違っている。そんなことをしたら、毎晩、一人で家の中に座り、彼女を思い出すことになるだろう。そうなったら耐えられないほどつらいに違いない。

「結構よ」ケリーはすぐに言った。「じゃまをしたくないから」

「じゃまなんかじゃないさ」ケリーに即座に拒絶されたことに傷つき、ルカはぶっきらぼうに言い返した。ケリーは、僕とはいっさいかかわりたくないとそんなにはっきりさせたいのだろうか？

「でも、やはり遠慮するわ」ケリーは肩をすくめた。すると、キャミソールの細い二本のストラップが肩からはずれそうになった。

突然、ルカの中に激しい感情がこみあげた。まるで、コルクを抜いたとたん、シャンパンの瓶から泡がどっとあふれ出したように。彼はケリーから視線をそらせなくなった。木々の間からもれる夕方の光が、彼女の白い肌を金色に輝かせていた。ケリーは黄金色の彫像のようだったが、それは石ではなく、肉と血からできていることをルカは知っていた。

気がつくと、ルカは手を上げかけていた。しかし、ケリーに触れてはいけない。その肌に手をすべらせても、そのぬくもりを感じても、もちろんそこに唇を押し当ててもいけない。

欲望が体を貫いて血を熱くたぎらせ、ルカはうめき声をもらした。ケリーが欲しくてたまらない。だが、欲望に負けてはならない。たとえ彼女も同じように感じているとしても。今の僕がケリーに与えられるのはセックスだけだ。しかし、それだけでは僕にとっても、ましてや彼女にとっても十分ではない。ケリーには身も心もすべて捧げて愛してくれる男性がふさわしい。かつて僕は彼女にとってそういう男だったが、今はもう違う。

「港で、何人かのスタッフと待ち合わせているの。今日はカタリーナの誕生日だから、一緒に食事をするのよ。遅刻しそうなので、これで失礼するわ」腕時計を見ようとして腕を上げたとたん、ケリーが息をのんだのに気づき、ルカは眉をひそめた。

「どうしたんだい？」彼は鋭い口調で尋ねた。僕は決してケリーが必要とする男にはなれない。そう思うと、言葉にできないほどみじめな気分になった。

「なんでもないわ。さっき肘をぶつけたから、ちょっと痛むだけよ」

「見せてくれ」ルカはマッテオを地面に下ろし、ケリーの腕を取った。彼女の左肘に痣ができているのを見て、彼は顔をしかめた。「冷やして腫れをとらないと」

「大丈夫よ」ケリーは言い、つかまれた腕を引き抜いた。

「来週ずっと腕が動かなくてもいいなら、それは君の勝手だが」ルカは冷たく言ったものの、こんな言い方をするべきではないとわかっていた。僕がこういう気持ちになるのはケリーのせいではない。そして、彼女が僕のそばにいたくないと思うのも、彼女のせいではない。二人の関係を終わらせたのは、結局、僕なのだから。

そう考えるとさらにいらだちがつのり、ルカはケリーをにらみつけた。

「そんなふうに意地を張って仕事に支障をきたしたら、僕は黙ってはいないよ」

ケリーの顔が怒りのせいで赤くなった。「どうやら私に選択の余地はないようね」彼女は嘲るように屋敷の方を見た。「いきなり知らない女性を押しつけられたら、この家の人たちはどう思うかしら？みんなはあなたのそんな強引な一面を見たことがないでしょうから、ふだんのイメージが壊れてしまうんじゃない？」

「平気さ。僕はこれまで正しいと思うことはなんでも躊躇せずにやってきた」

それは嘘ではなかったが、だからといって今の状況がよくなるわけではなかった。家に向かいながら、ルカはケリーの怒りをはっきりと感じた。マッテオは熱心におしゃべりをしている。ルカが息子の話に真剣に耳を傾けていないのは初めてだった。ルカはあまりにも興奮し、腹を立て、動揺していて……。

「パパ」

マッテオの声が混乱した頭に飛びこんできて、ルカははっと我に返った。「なんだい、かわいい子（カーロ）？」彼は自分の身勝手さを恥じながら尋ねた。

オートバイが道路を走ってきて、女の人がどんなふうに自分を抱きあげてくれたか、マッテオがまじめくさった顔で話すのを、ルカは注意深く聞いていた。そして、マッテオが話しおえたときにやっと、ケリーが私道のなかほどで立ち尽くしているのに気がついた。彼女の顔にはショックの色が浮かんでいた。

ルカがとっさに前へ出ると、ケリーはあとずさった。彼女の顔から怒りの表情は消えていたが、その色は土色に近く、ルカは一瞬、彼女が気を失うのではないかと思った。肘を打っただけではなかったらどうしよう？　頭を打って、ひどい怪我をしていたら？

「これはだれの家なの？」

ケリーの低い声にはまったく生気がなく、ルカの恐怖はますますふくらんだ。なにかひどいことが起きているようだが、それがなにかわからなかった。

「これはだれの家かときいているのよ」そう繰り返すケリーの口調に、ルカは怯（ひる）んだ。

「僕の家だ」ルカは簡潔に答えた。「僕はここに住んでいる」

ケリーは一瞬、目を閉じた。それから再び目を開け、ルカをじっと見つめた。「ここがあなたの家なら、マッテオはだれなの？　彼の両親はどこにいるの？」

ルカは悲しみが波のように押し寄せるのを感じた。その答えがケリーを傷つけるのはわかっていたが、どうしようもなかった。マッテオの出生の秘密についてはだれにも話さないと、ソフィアに約束した。その約束を破ったことは一度もない。法的には、マッテオはルカの息子であり、世間にもそう信じさせておかなくてはならない。ケリーも含めて。いや、とくにケリーには。

自分にとってキャリアがどんなに大切か、ケリーははっきりさせていた。二年前、彼女はルカに、いつかトップの座にのぼりつめるつもりだと宣言した。ルカも医師としてなんとか成功をおさめたいと思っていたから、ケリーの気持ちは理解できた。おまえはどうせたいした者にはなれないと言いつづけた施設の人たちを、どうしても見返してやりたかった。今の地位を手に入れるまでは長くつらい日々が続いた。もし完全に全エネルギーをそそいでいなければ、今の彼はなかっただろう。

ケリーも自分の夢を実現したいなら、同じように仕事に専念しなくてはならない。もしルカが本当のことを話せば、ケリーはきっと彼を助けたいと言うだろう。それだけは絶対に避けなくてはならない。仕事と家庭を両立させるのがどんなにむずかしいかを、ルカは経験からよく知っていた。自分でも、どうして両立できているのかわからないくらいだった。今この時期に、ケリーにそんな重荷を負わせたくない。ここ二、三年は、ケリーにとってとても重要な時期だ。できるだけ多くのことを学ぶ必要があるし、ほかのことに気をとられていてはならない。これから言おうとしている言葉が、ケリーの中にある二人の美しい思い出を粉々にしてしまうとわかっていても、ルカは彼女のキャリアを危険にさらすわけにはいかなかった。

「マッテオは僕の息子だ、ケリー。僕とソフィアのね」

4

「ここで待っていてくれ。マッテオのようすを確かめたら、すぐに戻ってくる」

居間へ行くまでの間、ケリーは一言もしゃべらなかった。しゃべれなかったのだ。どうやって家の中へ入ったのかさえ覚えていない。ただ足を交互に前へ出していただけだ。そして今、気がつくとケリーは居間の真ん中に立ち、体が震えていた。

「座って、楽にしていてくれ。家政婦に飲み物を持ってこさせよう。紅茶？　コーヒー？　それともなにか冷たいものがいいかな？」

「いらないわ」ケリーの声は老女のようにか細く、しわがれていた。なんとか威厳を保とうと、彼女は咳払いをした。「飲み物はなにも欲しくないの。ありがとう」

「本当になにも……」

ルカは途中で言葉を切ったが、ケリーは返事をしなかった。すべてのエネルギーを使い果たしてしまっていた。ルカが部屋を出ていくと、彼女はソファに座り、目を閉じた。心臓も動いているし、呼吸もしている。私は生きている。死んだのは私の心、一番大切な輝きのようなものだ。さっきのルカの言葉が、それを殺してしまった。〝マッテオは僕の息子だ。僕とソフィアのね〟

苦しみが押し寄せてきて、ケリーは唇を噛み締めた。ルカは私を裏切っていたわけではないという思いにすがり、ケリーはこの二年間を生きてきた。でも今、自分がどれほど愚かだったかを思い知った。ルカはソフィアが妊娠しているのを知りながら、ケリーとの情事を楽しんでいたのだ。

ケリーはまばたきをしてあふれてきた涙を払った。ルカが再び姿を見せたとき、彼女は平静を取り戻していた。彼がソファの前に小さなテーブルを置き、その上に腕をのせるようにと言っても、黙って従った。ルカはタオルと一緒に持ってきた、水を張った洗面器に彼女の腕をひたした。彼に触れられてもなんとも思わなかった。感覚は麻痺し、今や彼に対してなにも感じなかった。

「これで少しは腫れが引くはずだ」ルカはタオルをしぼり、ケリーの肘に巻いた。「明日の朝も痣は残っているだろうが、痛みはやわらぐだろう」

「ありがとう」ケリーはルカの方をほとんど見ずに立ちあがった。「タオルは明日、返すわ」

「気にしなくていい」

「必ず返すわ」ケリーは言い、玄関に向かった。わき目も振らず、大理石の廊下を横切った。この屋敷を見てみたいという思いなどすっかり消えていた。もうこの家にも持ち主にも興味はなかった。

玄関まで来ると、ケリーはルカを振り返った。彼と一緒に働くことになって以来、以前、自分が愛していたルカと、新しく上司になったルカを混同せずにいられるかどうかずっと不安だった。でも、もうそんな心配はなくなった。目の前にいるのは見知らぬ他人、自分が欲しいものを手に入れるために嘘をつき、私をだました男だ。ケリーは彼のしたことを怒る気にさえなれなかった。感情は完全に麻痺していた。

「本当に大丈夫かい？　頭痛はないかい？」

「大丈夫よ」ケリーはそっけなく言った。「じゃあ、また明日の朝に」

「ああ」

ルカはそれ以上なにも言わずにケリーを送り出した。私道を歩いていく間、ケリーは一度も振り返らなかった。彼は私を見送っているだろうか？　でも、そんなことはどうでもいい。今やルカは私にとってなんの意味も持たない存在だ。彼はただの同僚であり、医師としての能力を向上させるために知識を吸収させてもらうだけの相手だ。ルカと知り合いだということは、子供たちの治療に役立つ。だが、個人的には彼になんの興味もない。

私道が終わったところで、ケリーは自分が泣いているのに気づいた。涙が次々に頬を伝い落ちていく。目がかすんで前が見えず、彼女はよろめいて門にしがみついた。ルカにはほかの女性との間に子供がいた。彼が私を抱いているとき、ソフィアは彼の赤ん坊を身ごもっていたのだ。恋人が妊娠している間にほかの女性とベッドをともにするなんて、彼はいったいどういう男なのだろう。

「大丈夫かい、ケリー? どうしたんだ?」

突然、ルカが目の前に現れ、ケリーは彼に激しい怒りをぶつけた。「どうしてなの、ルカ? ソフィアがあなたの子供を身ごもっているときに、どうして私を抱いたりできたの?」

「彼女が妊娠しているのを知らなかったからさ!」ルカはケリーが振りほどこうとする腕をしっかりとつかんでいた。「イタリアに戻って初めて、赤ん坊のことを知ったんだ」

「まさか私がそんな言葉を信じると思っているわけじゃないでしょうね?」ケリーは嘲(あざけ)った。

「思ってるよ。本当のことだからね」ルカの両手に力がこもり、さっき怪我(けが)をした場所に彼の指がくいこんだ。ケリーが身を縮めると、ルカは荒々しくなにかつぶやき、彼女の腕を放した。「すまない。君を傷つけるつもりはなかったんだ、ケリー」

「本当に?」ケリーはかすれた声で尋ねた。

「ああ」ルカは彼女の頬を伝う涙をそっと指でぬぐった。「今も、もちろん昔も。君は僕にはもったいない女性だった」

「やめて」ケリーは懇願した。心にもない言葉を聞くのは耐えられなかった。「もうなにも言わないで、ルカ。聞きたくないの」

「わかってる。当然だよ。だが、これだけは信じてくれ。僕はこんな事態を引き起こすつもりはなかった。君を守りたかっただけなんだ、ケリー」ルカは彼女の頬を手で包みこんだ。その瞳には悲しみがあふれていた。「以前はできなかったが、もう二度とそんな失敗はしないと誓うよ」

ケリーはルカがなにを言っているのかわからなかった。しかし、もうどうでもよかった。彼女はルカの手を逃れるように顔を横に向けた。「私はあなたに守ってほしくなんかないわ。これからは奥さんと子供のことだけを考えて、私のことはほうっておいてちょうだい」彼女はわざとらしく笑い、こみあげてくる絶望感と闘った。「あなたがほかの女性にそんな約束をしていると知ったら、ソフィアはなんて言うかしら？　それとも、こういうことはよくあるから、慣れっこになっているの？　彼女にきいてみたいわね」

「それは無理だ」ルカは荒々しい口調で答えた。

「無理？」ケリーは肩をすくめた。「あなたが私と奥さんを会わせたくないのはわかるわ。でも、心配しないで、ルカ。よけいなことは言わないから。彼女の妊娠中、あなたが私とベッドをともにしていたなんて一言も言わないわ」

「ソフィアは死んだ」

その言葉が静かな夕暮れの空気を切り裂き、ケリーは息をのんだ。彼女は恐怖の色が浮かんだ目でルカを見た。「死んだ？」

「ああ。彼女は一年半ほど前に亡くなった」

「でも、マッテオはまだ赤ちゃんだったはずよ」ケリーはぼんやりと言った。

「六カ月だった」ルカは深く息を吸いこんだ。その声があまりにもつらそうだったので、ケリーの目に再び涙がこみあげた。「進行の速い悪性の乳癌だった」

「それで、なにも打つ手がなかったの？」ケリーはささやくように尋ねた。

「診断のあとすぐに治療を受けていれば、助かったかもしれない。だが、あいにくそうではなかった」

「すぐに治療を受けていればって、どういう意味？　彼女はなぜすぐに治療を受けなかったの？」

「ソフィアは妊娠していることに気づいたその週に、自分が癌であることを知ったんだ」片手で顔をこするルカを見て、彼にとってこの話をするのがどんなにつらいかがケリーにもわかった。「赤ん坊に害を与えるといけないからと、ソフィアはいっさいの治療を拒否した。担当医は必死に説得しようとしたが、聞き入れなかった。彼女にしてみれば、治療を受けるのは赤ん坊を殺すのと同じに思えたんだろう」

「それで、あなたはそのことを知っていたの？」ケリーは呆然として尋ねた。「彼女は治療を拒否したことをあなたに話したの？」

「いや。ソフィアが妊娠していたことも、癌であることも、僕はイタリアに戻るまで知らなかった。僕が戻ったとき、彼女はもう妊娠八カ月になっていた。僕はすぐに帝王切開をするように勧めた。そうすれば化学治療を始められる。しかし、もう手遅れだということは二人ともわかっていた。結果的には、彼女は治療によってマッテオと過ごす時間を二カ月間延ばすことができたが」

「なんと言えばいいのか……。二人とも……本当につらかったでしょうね」ケリーがやっとそれだけ言うと、ルカはため息をついた。

「ソフィアのほうがずっと大変だった。彼女は息子の成長を見届けられないことを知っていて、それがなによりつらそうだった。マッテオはきちんと面倒をみてもらえると確信してからようやく、彼女はすべてを受け入れた。最後の最後まで、彼女はとても勇敢だった。彼女が病気と闘う姿を見ていると、僕まで謙虚な気持ちになった」

「だからあなたはイタリアに戻るとすぐに結婚したの？」ケリーは静かに尋ねた。彼女が一番傷ついたのは、ルカがあまりにもすばやく結婚したことだった。だが、今はその理由がわかった。彼はなんとしてもソフィアをそれ以上の苦しみから救いたかったのだろう。

過去の出来事の別の一面が明らかになり、ケリーの心が少し軽くなった。けれど、忘れてはならない。ルカが愛していたのは彼女ではなく、ソフィアなのだ。

「ああ。ソフィアの心が安らぐなら、迷っている暇はなかった」ケリーを見るルカの瞳は、どうかわかってほしいと訴えていた。「僕は心から言ってるんだ、ケリー。君を傷つけるつもりはなかった。ただ、ほかに選択肢はなかったんだ」

「それで、今日は気分はどうだい、アレッサンドロ？」ルカは少年のベッドの横に立った。午前の回診が始まり、この少年が最初の患者だった。いつもよりずっと気分がいいと少年が説明している間、ルカは彼の症例記録を見直していた。

ＣＴ検査の結果は異常がなかった。髄液の増加は一連の感染症のせいだろう。新たに処方した抗生物質が効いたようだが、ルカは急いで事を進めるつもりはなかった。アレッサンドロは明日、退院の予定だったが、もう少しようすを見たほうがいいだろう。この段階で無理は禁物だ。

「元気になってよかった」ルカは少年にほほえみかけた。「だが、君にはもう二、三日、病院にいてほしいんだ。来週になったら退院できると思うよ」

アレッサンドロの表情が暗くなった。「でも、金曜日は僕の誕生日なんだ。パーティを開くから、友達がみんな来ることになっているんだよ」

「ごめんよ」ルカはやさしく言った。子供にとって誕生日がどれほど大切なものか知っているからだ。

「パーティは別の日にしたらどうだい？」

「別の日じゃ、だめだよ」少年はぼそっと言い、ルカの顔を見るまいとするように目を閉じた。

ルカはため息をついた。たとえ子供に悪者だと思われても、彼らの健康のほうが大切だ。ルカは暗い気持ちでベッドを離れた。昨夜は一晩じゅう、良心と闘っていた。誤解される前に、ソフィアとマッテオについての真実をケリーに話すべきだったと思う一方、実際にそうしたら起きていたはずの事態を恐れていた。

ケリーの性格はわかっている。やさしい彼女は、この話を聞いたらきっと心を動かされるだろう。ケリーのキャリアに悪影響を及ぼすとわかっているのに、彼女を巻きこむわけにはいかない。こんなに時代が進んでも、女性がトップにのぼりつめるのは男よりずっと大変だ。男女平等と言われながらも、家庭を持った女性が昇進を逃すのを、僕はこれまで何度も見てきた。ケリーをそんな目にあわせてもいいのか？　絶対にだめだ。

ルカは唇を固く引き結び、メンバーとともに次のベッドへ移動した。「この患者さんの検査結果はもう戻ってきたかい、ドクター・センティーニ？」彼は隣に立っているレティツィアに尋ねた。ケリーはすぐうしろにいるが、感情をコントロールできるようになるまでは話をしないほうがいいと、ルカは自分に言い聞かせていた。

「見てみます」レティツィアはルカに魅惑的な笑みを向け、検査結果の紙を手に取った。「ええ、戻ってきています。白血球が増加していますね……先生のおっしゃったとおりです」

ルカは媚びるようなレティツィアの口調を無視した。こんなことで点数を稼げると思ったら大間違いだ。ルカは検査結果の紙を受け取り、数値に目を通すと、上級専門医のカルロにそれを渡した。通常、血液中の白血球の数は一立方ミリメートル中、約七千五百程度だが、六歳の女の子、イラリアの場合、その数値は大幅に増加しており、細胞は未発達でその形にも異常があった。さらに、赤血球と血小板の数値も非常に低い。

「この子の入院時における症状を説明してくれるかい?」ルカはレティツィアの方をちらりと見て指示した。

「発熱、リンパ腺及び脾臓の腫れ」レティツィアは症例記録を読みあげた。「入院時には見られませんでしたが、発疹も出たと両親は言っています」彼女は肩をすくめた。「ウイルス感染の典型的な症状です」

「それで、血液検査の結果を見て、君はどんな結論を出す?」ルカはレティツィアに尋ねた。

「明らかにウイルス性の感染症でしょう」彼女はきっぱりと言った。

「つまり、これ以上の検査は必要ないと?」

レティツィアはうなずいた。「ええ。患者自身の免疫システムが働くのを待ちます。使える抗ウイルス薬もいくつかありますが、その投与でかえって深刻な副作用が生じるかもしれません」

「確かにね。だが、この症例ではただ待っているわけにはいかないようだ」ルカがケリーの方に向き直ると、レティツィアの笑みが消えた。「君はどう思う、ドクター・カーライアン?」

「骨髄生検を依頼します」

「なにを調べるためだい?」ルカは尋ねた。

「芽細胞の数値を調べるためです」ケリーは平静を

装っていたが、内心は緊張しているのがわかった。昨日の夕方、僕から聞いた話のせいで、眠れない夜を過ごしたのだろう。そう思うと、彼女を自分の問題に巻きこむまいという決心にもかかわらず、ルカの心は慰められた。

「それで、もし芽細胞が存在したら？」ルカはばかげた考えを頭から振り払い、尋ねた。「それはなにを意味するんだろう？」

「急性白血病の可能性があります」ケリーはまっすぐルカの目を見た。これがテストなら、受けて立つわとでもいうように。「芽細胞を確認するため、腰椎穿刺をして髄液も調べたほうがいいと思います」

「なるほど」ルカはカルロの方を見た。「君はどう思う、ドクター・バルドヴィーニ？　彼女の考えに賛成かい？」

「ええ」カルロはケリーに向かってにっこりした。「僕もドクター・カーライアンの言うとおり、二つの検査が必要だと思います」

「じゃあ、意見は一致したようだな」

ルカは後悔するようなことを言ってしまう前に、すばやくメンバーたちに背を向けた。カルロがケリーに好意を持っているとしても、僕には関係ないことだ。ルカはメンバーを次のベッドに移動させ、その間に検査室に提出する用紙の必要事項を埋めていった。

ルカが背中から髄液を採取することをやさしく説明すると、イラリアは泣きだしてしまった。そのせいで彼はひどく憂鬱になった。母親が少女を落ち着かせるのを待っている間、ケリーがここにいてくれたらよかったのにとルカは思った。彼女は怖がる子供たちをなだめるのが本当に上手なのだ。

そこでルカははっとした。ケリーにはケリーの仕事があり、僕には僕の仕事がある。僕は彼女に助けてもらうのではなく、彼女を助けなくてはならない。

自分が持っている知識をケリーに伝えることに専念しなくては。僕が個人的に失うものは、そのことによって十分埋め合わせられるだろう。

いや、どんなものもケリーを失うつらさの埋め合わせになどならない。ルカは低くうめいた。ケリーと単なる同僚として付き合うつもりなら、自分の気持ちに正面から立ち向かい、コントロールしなくては。そして、もしカルロやほかの男たちがケリーに近づいても、じゃましてはならない。結局のところ、だれと付き合うか決めるのはケリー自身なのだ。

理屈ではそのとおりだった。だが、ルカは髄液を採取するために少女の背中に麻酔薬を塗りながら、それを実行に移すのがどれほどむずかしいかを理解していた。ケリーがほかの男と付き合うのを見ているなんて、とても耐えられない。なぜなら、僕こそがケリーを必要としているのだから。

5

ルカのオフィスにスタッフが集まり、午前の回診の結果を再検討しているときに電話が鳴った。ルカは回診後、イラリアの両親と話をするために病棟に残ったので、カルロがミーティングを進めていた。電話に一番近い場所にいたケリーは受話器を取った。それは救急医療部の看護師からの電話で、できるだけ早く当番の顧問医に連絡をとってほしいというルカへの伝言だった。

ケリーは事情を説明してミーティングを抜け出し、ルカをさがしに行った。彼がイラリアの両親を家族用の宿泊施設に案内すると言っていたのを思い出し、そこへ向かった。病院に泊まりこみたいという家族のために用意されたこの施設には、寝室と居間とバスルームがついていて、寝室にはダブルベッドが一つと二段ベッドが、居間には電子レンジが備えつけてある。ケリーはイラリアの両親が使っている部屋をノックしたが、ルカはもうそこを出たあとだった。

廊下を引き返しながら、ケリーは眉をひそめた。ルカがこんなふうに姿をくらますのは珍しい。ふだんの彼は緊急時に備えて必ずだれかに自分の居場所を告げていく。病棟に戻ってもルカの姿は見えなかったので、ケリーは彼のオフィスに戻り、呼び出しを依頼する電話をかけようと決めた。そのとき、ちょうどエレベーターから降りてくる彼を見つけた。

「待って、ルカ」ケリーは急いで彼のあとを追い、声をかけた。

「なんだい？」ルカは足をとめ、振り返った。その顔からはなんの感情も読み取れなかった。「なにか用かい？」

「ええ。さっき救急医療部から電話があったの」ケリーは冷静な口調を保って説明しようとした。昨夜は一晩じゅう、ルカから聞いたソフィアの話について考えていた。ルカに捨てられ、あれほど傷ついたにもかかわらず、ケリーは彼の身にひどいことが起きるようにと願ったことなどなかった。昨夜、もし彼が助けてほしいというそぶりを少しでもみせていたら、ケリーは躊躇(ちゅうちょ)しなかっただろう。だがルカは、彼女にはなにも期待していないことをはっきりと示した。

ケリーはそんなつらい考えを振りきるように、早口で言った。

「当番の顧問医にできるだけ早く連絡をとってほしいと言われたわ。緊急みたい」

「ありがとう(グラッツェ)」

ルカは即座に踵(きびす)を返し、ナースステーションへ向かった。彼が救急医療部に電話をかけている間、ケリーはそのまま待つべきか、ミーティングに戻るべきか迷っていた。カルロはときどき患者に対してルカとは少し違った見方をするから、今朝の患者を違った視点から見るのに役立つかもしれない。

「ああ、わかった。すぐに行くよ」

ケリーが歩きだそうとしたとき、ルカが受話器を置く音が聞こえた。「なにかあったの？」

「港に停泊中の客船で子供の患者が出たんだが、船の医師は岸に上がっていて、看護師も連絡をつけられないらしい。それでこちらに助けを頼んできた。僕はこれからようすを見に行ってくる」

「なぜ救急医療部はあなたに頼んできたの？」エレベーターに向かうルカについていきながら、ケリーは尋ねた。

「向こうはスタッフが数人、病気で休んでるんだ」

ルカは説明し、エレベーターのボタンを押した。

「加えて、今朝、スクールバスの事故があり、数十人の子供たちが怪我をした。ほとんどは切り傷や打ち身だったがね。だから彼らは少しでも助けが欲しいのさ」

「わかったわ」エレベーターが来ると、ケリーは一歩下がった。「あなたがどこへ行くか、みんなに伝えておきましょうか？」

「もしかまわなければ……」ルカは言いかけ、言葉を切った。「今日、君は外来の診察はないんだったね？」

ケリーはうなずいた。「ええ、今朝の診察はレティツィアよ」

「だったら、君に一緒に来てもらおう」ルカは閉まりかけたエレベーターのドアを押さえた。「助手が必要になるだろうし、君にとってもいい経験になる。病院の中ではめったにない状況だから」

「本当に私でいいの？」ケリーは不安そうに尋ねた。

ルカが眉を上げたので、彼女は肩をすくめた。「もしレティツィアを連れていきたいなら、私が外来の診察を引き受けてもかまわないわ」

「レティツィアを連れていきたいなら、直接彼女に頼むよ」ルカはそっけなく答えた。

ケリーは顔を赤らめた。これは遊びに行く話ではない。私たちは仕事をしに行くのだ。そしてルカに関する限り、重要なのは仕事だけだった。

「そうね」ケリーはつぶやき、急いでエレベーターに乗りこんだ。

一階に着くと、ルカは受付に立ち寄り、彼とケリーがこれから数時間出かけることをカルロに伝えるように頼んだ。カルロがもっと詳しい行き先を知りたければ、救急医療部に尋ねることになるだろう。

ルカのあとについて必要な医療品を取りに行く途中、ケリーは唇を嚙み締めた。ルカはおそらく、さっきの伝言で二人が出かける説明はついたと思っているだろうが、私たちが一緒に姿を消せば、いろいろな憶測が乱れ飛ぶだろう。それはケリーにとって最も避けたいことだった。二人の関係は厳密に仕事上のものだと、ほかの人たちには思っていてほしかった。だから彼がイギリスにいたときに二人が付き合っていたことはだれにも話していない。ゴシップというのはあっという間に広まるものだし、ケリーはそんな噂の的になりたくなかった。たとえ噂が流れても、もうソフィアが傷つくことはない。だが、妻の妊娠中にルカと自分が付き合っていたと世間に知られるのだけは絶対にいやだ。

ケリーはため息をついた。彼女が心配しているのは自分の評判だけではなかった。ルカが赤ん坊のことを知らなかったという言葉を、ケリーは信じた。だが、世間はどうだろう？　世間というのは勝手な結論を下す。ルカが同僚たちの信頼を失うなんて耐えられない。これまでさんざんつらい思いをしてきたルカに、さらに大変な思いをさせたくない。

ルカのあとから玄関を出ながら、ケリーは深く息を吸いこんで決心した。少なくとも、私の口からは絶対に二人の関係を明かすまい。

ルカは駐車場に車を乗り入れ、エンジンを切った。港へ着くまでの間、ケリーはいつになく無口だった。昨夜の出来事のあとで、僕と二人きりになるのが不安なのだろうか？　僕が再び彼女を口説くとでも思っているのだろうか？　だが、そんなことはありえない。なにがあろうと、僕はケリーと距離をおかなくてはならないのだ。

ルカはため息をつき、車のドアを開けた。今朝はケリーのそばにいるだけで精神的に消耗した。だからイラリアの両親と話をしたあと、一人で食堂へ行った。それである程度は落ち着きを取り戻せたが、見せかけだけの平安は長くは続かなかった。

正気を失うのは簡単だが、ルカはそんなことをするつもりはなかった。一度決めたことは守りとおそう。ケリーをほかのメンバーとまったく同じように扱うのだ。ここに彼女を連れてきたのも、それが理にかなった選択だったからだ。ルカは車から医療品の入ったケースを下ろしながら、頭の中で聞こえる声を無視した。ほかのメンバーを連れてきたかったなら、それもできたはずだという声を。僕はケリーに頼んだのだから、それでもうこの話は終わりだ。

「艀（はしけ）は向こうにとまる」ルカは小さな船が列をなしている場所を指さした。その船は客船と港の間を行き来して客を運んでいる。

「あんな大きな船を見るのは初めてだわ」港の向こう側に錨（いかり）を下ろしている客船を見て、ケリーは言った。

「毎年、大きくなっていくようだ」ルカは言い、岸に上がってきた乗客たちを避けつつ歩を速めた。できるだけ早く船に乗りこみたかった。

「あの船は何人くらい乗れるのかしら?」ルカの横を歩いていたケリーがつぶやいた。彼女は脚が長いので、ルカの速い歩調に難なくついてきた。長身でほっそりとした、バランスのいい体型のケリーに、通り過ぎる人々は感嘆のまなざしを向けるが、彼女自身は気づいていないようだ。

ルカは胃が締めつけられるのを感じたが、なんとか抑えこんだ。嫉妬(しっと)などするな。ケリーの人生のじゃまはしないと決心したはずだろう。なにがあろうと、その誓いを守るんだ。ルカは感情がこもらないように用心して言った。

「あの大きさの客船なら、二千人ぐらいの客を乗せられるだろう。さらに、その半数ほどの乗務員がいるはずだ」

「本当に?」ケリーは目を見開いて客船を見つめた。「三千人もいたら、小さな町ができるわね」

彼女の言葉を聞き、ルカは思わず笑った。「このあたりのほとんどの町より大きいな」

ケリーは首を振った。「いったいどうやってそんなにたくさんの人たちに食事をさせるのかしら?」

「食事だけじゃない」ルカは艀の乗り場に近づいていきながら言った。「彼らを楽しませ、その安全を守り、健康にも注意しなくてはならないんだ」

「だから医療スタッフも乗船しているのね」

「ああ、それは不可欠なことだよ」

二人はセキュリティ・チェックの場所に到着したが、船の乗組員に行く手をさえぎられた。ルカは事情を説明し、病院の身分証明書を見せた。ケリーも彼にならった。二人は写真を撮るまで待つように言われ、数分後、乗船許可証を手渡された。

ケリーはブラウスに許可証をつけ、眉をひそめた。「セキュリティ・チェックがこれほど厳しいとは思わなかったわ」

「テロを警戒して、船会社が警備を強化しているんだ」艀に向かう途中、ルカは説明した。

「本当に？」ケリーは身震いした。「故意に乗客を傷つけようとする人がいるなんて、恐ろしい話ね」

「残念だが、今はそういう時代だ」ルカは乗組員に許可証を見せて艀に乗りこむと、振り返ってケリーに手を差し出した。

「ありがとう」

ケリーは一瞬、ほほえんでから小船に乗りこみ、舳先の近くに腰を下ろした。あれは単なる笑顔だ。ケリーの隣に座ったルカは、厳しく自分に言い聞かせた。あの笑顔にはなんの意味もない。こんなふうに感情が激しく揺さぶられるのはおかしい。

ルカは椅子に座り直し、まっすぐ前を見た。ほかのことはすべて忘れ、客船に乗りこんでからのことに意識を集中しよう。今の段階では詳しいことはわからない。わかっているのは患者が八歳の女の子で、背中の痛みを訴え、尿に血が混じっているということだけだ。熱は少しあるが、高熱ではないらしい。

波の穏やかな港から湾に出ると船が急に揺れ、ルカの集中力がとぎれた。彼は思わずケリーの横顔を見つめてしまい、胸が苦しくなった。彼女は本当に美しい。男ならみんな彼女を求めるだろう。だが、ケリーに出会ったときにルカが引きつけられたのは、その外見だけではなかった。彼はケリーのすべてに魅了されていた。彼女は知的で、親切で、思いやりがあり、思慮深かった。治療している子供のことを心から心配し、できることはなんでもしようとした。

身も心も捧げるその姿は、ケリーの美しい外見と同じくらいルカの心を引きつけた。彼はケリーの外見と同様、その精神も同じように愛していた。やさしく、美しく、献身的なケリー。彼女はまさにルカの理想の女性だった。

ケリーこそ、僕が求めている女性だ。だが、彼女を手に入れることはできない。心から愛しているケリーの一部分をだめにしてしまうような危険は冒せない。彼女のキャリアはルカにとっても重要だった。それは彼女を作りあげている大事な要素だからだ。

再びむなしさに襲われ、ルカの胸は痛んだ。だが、感傷にひたっている暇はない。ケリーはとても鋭いから、気をつけないと本心を見抜かれてしまう。今の彼女は、過去の仕打ちのせいで僕を憎んでいるかもしれない。だが、その憎しみは簡単に愛に変わるだろう。僕を見るときのケリーの目で、それがわかる。僕を憎みたいと思いつつも、その憎しみと痛みの下には今なお愛が存在している。

もう一度、ケリーに愛されるのは簡単だ。だが、そんなことは許されない。彼女に夢を実現させるために、僕は彼女を突き放さなくてはならない。だが、そのたびに僕は自分の一部を壊すことになるだろう。

6

「どうしたらいいか、わからなくて。ドクター・アッジュワースは、船を降りるときはいつもポケットベルを持っているはずなんですが、何度呼び出しても応答がないんです」

船に乗りこんでいる看護師が先に立って通路を歩きながら不安げに言ったので、ケリーは彼女を励ました。「病院に連絡をしたのは正しい判断でしたわ」

「そう思われますか?」ある船室の前で立ちどまると、看護師はため息をついた。「あなた方を呼びつけてしまって、叱られなければいいんですが。私は今回が初めての船上勤務なんです。これが最後にならないことを祈りますわ」

「ドクター・カーライアンの言うとおり、君の判断は正しかった」ルカはきっぱりと言った。「小さい子供に関しては、用心するに越したことはない」

「私もそう思ったんです」看護師は目に見えて明るい表情になり、ルカに向かってほほえんだ。それから船室のドアをノックした。「ありがとうございます。おかげで元気が出てきました」

ケリーは黙っていたが、ルカの励ましのほうがずっと効果的だったと思うと少しいらだった。しかし、そのいらだちは医師としての怒りではなく嫉妬から出ているのだと気づき、ひそかに身震いした。ルカはとてもハンサムだ。看護師が彼にのぼせあがったとしても無理はない。

子供の母親がドアを開け、すぐに三人を中へ促した。「来てくださって感謝しています。心配でたまらなくて。クロエは昨日まで元気だったんですが、今朝、起きてからずっと、背中とおなかが痛いと訴えているんです」

「尿に血が混じっていたそうですね？」ルカはベッドに近づきながら尋ねた。

「そうなんです。ほんの少しでしたが、それを見たら怖くなって。だから往診をお願いしたんです」

「あなたの判断は正しかった」看護師に言ったときと同じ口調で、ルカは繰り返した。

愚かだと思いつつも、ケリーはルカが看護師を特別扱いしたわけでないとわかってうれしかった。つまらない考えを急いで頭の隅に追いやり、彼女は患者の病状をメモするためにノートとペンを取り出した。ルカは女の子の診察を始めた。

「僕はドクター・フェレーロだ」ルカは女の子に話しかけた。「僕とドクター・カーライアンは、子供のための病院で働いているんだよ。まずは君のおなかに触らせてほしいんだ、クロエ。そして、いくつか質問をさせてくれるかい？」

女の子は恥ずかしそうにうなずいた。ブロンドの髪と青い瞳をしたクロエはまるで小さな天使のようだ。静かにベッドに横たわる彼女のおなかに、ルカはやさしく触れた。

「いい子だ」ルカは女の子を褒めてから、肩ごしにケリーをちらりと見た。「腹部にはとくに張りも圧痛もないようだ」

ケリーはルカの所見をノートに書き留めた。子供の腹痛の原因として一番多い虫垂炎から調べているのだろう。盲腸は最初、臍（へそ）の周囲に圧痛があり、それから徐々に腹部の右下へ痛みが集中していく。ときとしてそれは尿管に影響を与え、尿に血が混じることもある。

「クロエは最近、ウイルス性の感染症にかかりましたか？」ルカは母親に尋ねた。

「かかっていないと思います」ミセス・ロビンソンは自信なさそうに答えた。そのとき部屋のドアが開き、男性が入ってきた。ミセス・ロビンソンは彼を見てほっとしたようにため息をついた。「クロエは最近、ウイルス性の感染症になんてかかっていないわよね、ジョン？」彼女は尋ねた。

「一週間ほど前に咽喉炎（いんこう）にかかったよ」ベッドに近づいてきながら、男性は答えた。「でも、二、三日でよくなって、そのあとはずっと元気だった」

「なぜ私に話してくれなかったの？」妻が叫ぶと、彼は顔をしかめた。

「悪かった。たいしたことじゃないと思ったんだ」

「僕はルカ・フェレーロ、聖マルゲリータ病院の医師です」ルカが手を差し出した。夫婦の喧嘩（けんか）が始まるのを防ぎ、話を元に戻そうとしているのは明らかだった。続いて彼はケリーのことを紹介した。「こちらは同僚のドクター・カーライアンです」

「はじめまして」男性は言い、ケリーとも握手をした。「僕はクロエの父親で、ジョン・ロビンソンといいます」彼は妻の方をちらりと見てため息をついた。「すみません。私たちは今、ちょっと神経質になっているので。少し前、妻のウエンディは仕事で家を留守にしていて、私がクロエとその弟のダニエルの面倒をみていました。だから妻はクロエの咽喉炎のことを知らなかったんです」

「それで、息子さんのほうはどこも具合は悪くないんですね？」ルカは尋ねた。

「ええ、あの子は元気です。今、遊戯室に預けてきたところなんです。あんまりうるさいので」

みんなが笑った。ミセス・ロビンソンも笑ったので、ケリーはほっとした。

そのときルカがケリーの方を向き、低い声で言った。「腸管膜リンパ節炎かもしれない。感染の兆候がないか確かめるため、血液検査を依頼しよう」

ケリーはうなずき、メモをとった。腸管膜リンパ節炎は、感染症のあとで腹膜のリンパ節が炎症を起こすもので、虫垂炎と非常に症状が似ているため、正しい診断を下すのがむずかしい。女の子にやさしく質問をしながら手際よく診察しているルカを、ケリーはじっと見守った。女の子が、おなかより背中のほうが痛むと小さな声で言うと、彼はうなずいた。

「それはきりきりする痛みかな？　それとも、うずくような痛みかな？」

クロエは少し考えてから答えた。「歯が痛いときみたい。でも、今、痛いのは背中なの」

「そうか。とても上手な説明だね。いい子だ」

褒められると、女の子はうれしそうにほほえんだ。ルカは慎重にクロエを横に向かせ、腎臓に触れたが、小さな悲鳴があがるとすぐに手をとめた。

「ここが一番痛そうだね」彼は言い、女の子を再びそっと上向きに寝かせた。

ルカが女の子の上にかがみこみ、指先で下まぶたを調べるのを見て、ケリーは眉をひそめた。ケリーを見あげたとき、ルカの目はひどく心配そうだった。

「目の周囲に腫れが見られる。尿検査をしてくれるかい、ケリー?」

「わかったわ」ケリーは医療器具の中から尿を採取する容器を取り出し、クロエの母親に渡した。「クロエの尿を取ってきてほしいんです」

「はい」ミセス・ロビンソンはクロエをベッドから起きあがらせた。彼女がどれほど心配しているかはケリーにもよくわかった。でも、娘のために平静を装っているのだ。「いらっしゃい、クロエ。先生がこの小さな容器にあなたのおしっこを取ってきてほしいんですって。上手にできるかしら?」

母親と看護師に支えられてバスルームに向かいながら、女の子はくすりと笑った。父親も三人についていき、バスルームの外で待っていた。彼らが声の届かないところまで離れると、ケリーはすぐにルカの方を見た。「どう思う?」

「まだ推定でしかないが、僕は糸球体腎炎を疑っている」ルカは肩をすくめた。「この病気は、たとえば連鎖球菌によって引き起こされる咽喉炎のような細菌性感染症が引き金になることも多い。患者の免疫システムは感染症を防ごうとして抗体を作る。だが、ときにその抗体が細菌性の抗原と結合して血流内を循環し、糸球体の中でつまってしまう」

「そして、それが腎臓の濾過機能を担う部分に炎症を起こさせ、損傷を与え、適切な働きをとめてしまう」ケリーはルカの言葉を引き取った。

「そのとおりだ。そうなると、傷ついた糸球体は赤血球をそのまま尿に送りこみ、血が混じることになる。同時にたんぱく質も尿の中に出てしまい、むくみを引き起こす」

「それであなたは、クロエの目が腫れているのに気づいてそんなに心配しているのね」

「ああ。目の周囲の腫れはこの病気でよく見られる症状の一つなんだ」

「私だったらそんなに早く結論を出せなかったでしょう」ケリーは言い、ルカに尊敬のまなざしを向けた。「あなたは本当に優秀な医師だわ、ルカ。あなたの半分でいいから、私にもそんな能力があればいいのに」

ケリーの言葉に温かい響きを感じ取り、ルカは誇らしさで胸がいっぱいになった。感情をしっかりコントロールしなくてはならないとわかっていたが、彼女に褒められて感動していた。ふくらむ幸せな気持ちを抑えこもうと、ルカは咳払いをした。

「このまま努力を続ければ、君はすぐに僕を追い越せるだろう。君には最高の医師になれる実力がある。ほかのことに気をそらしたりしない限りはね」

「ご心配なく」ケリーの口調がふいに冷たくなった。「一度嚙まれたら、二度目は慎重になる、と昔から言うでしょう。私もそれをモットーにしているの。今は仕事以外のことに興味はないわ」

ケリーがそんなふうに考えるようになったのは自分のせいだと思うと、ルカは胸が痛んだ。ほかに選択肢がなかったとはいえ、ケリーを傷つけた自分が許せなかった。ロビンソン親子が戻ってきたとき、ルカはほっとした。これでしばらくは二人の問題を頭から追い出せる。

検査の結果、クロエの尿からは糸球体腎炎の兆候を示す過度のたんぱく質が検出された。だが、診断を確定するためには、入院してさらなる検査を受ける必要がある。腎臓がどの程度機能しているかも調べなくてはならないし、高血圧も糸球体腎炎の重大な影響の一つだから、手遅れになる前に彼女を病院へ移さなくてはならない。つまり、家族の休暇は中止ということだ。

ルカは両親を女の子のベッドから離れた場所へ連れていき、事情を説明した。「クロエは入院の必要があります。残念ながら、この状況ではそれしか方法がありません」

「入院」ミセス・ロビンソンは息をのみ、夫の手を握り締めた。「感染症が原因なら、薬でなおせないのですか？」

「お気の毒ですが、そんなに単純な話ではないのです。娘さんは糸球体腎炎という病気にかかっていて、非常に深刻な事態に陥る可能性があります」

「糸球体……いったいそれはなんなんです？」ジョン・ロビンソンが鋭く尋ねた。

「簡単に言えば、クロエの腎臓にある糸球体、つまり濾過装置が炎症を起こしていて、正常に働いていないということです。だから彼女を病院に運び、詳しい状況を確認する必要があります」

ルカは夫妻が彼の説明を理解するのを待ってから、再び話を続けた。背後で女の子に話しかけているケリーの声を聞くまいとしていたが、どうしても耳に入ってきてしまった。久しく味わっていなかった温かい感情がゆっくりと全身に広がっていった。それはとてもすばらしい感覚だったが、ケリーの将来を危険にさらしてしまうなら、こんな喜びを味わってはならないとルカは思った。

「目の周囲の腫れは、娘さんの腎機能がかなりのダメージを受けていることを意味しています。もはや一刻の猶予もありません。彼女を入院させ、抗生物質を投与して、感染症の治療をする必要があります。もし腎臓が機能しなくなったら、それを助ける手段も必要になります」

「そういう可能性もあるんですか？」ミスター・ロビンソンがかすれた声で尋ねた。

「ええ、その危険性はあります。ですが、そうならないように私たちはできるだけの手を尽くします」

「だったら、しかたがないね、ウエンディ？」ミスター・ロビンソンは泣きだした妻に腕をまわした。

「ほら、しっかりするんだ。クロエのことを考えたら、休暇なんかどうだっていいだろう？」

「そのとおりよ」ウエンディははなをかんだ。「ダニエルを連れてきてちょうだい。私はその間に荷物をまとめておくわ。船は待ってはくれないでしょうし、いつ戻ってこられるかわからないから」

「病院に泊まることができますよ」ルカは説明した。「家族用の宿泊施設がありますから、どうぞそこをお使いください」

「ありがとうございます。本当にご親切にしていただいて」ウエンディは心から礼を言った。彼女が荷造りを始めると、ルカは船の看護師に言った。

「船長に事情を説明してきてもらえるかい？　それと、艀にクロエを乗せるためにはストレッチャーが必要だから、その手配も頼むよ」

「信じられないわ」若い看護師はうめいた。「私はなんて運が悪いのかしら。ドクター・アッシュワースが無許可で船を降りている間にこんなことが起きるなんて」

「君ならできる」ルカはきびきびと言った。今は看護師の愚痴を聞いている暇はなかった。それから彼はケリーのところへ戻った。「僕は救急車を港に呼ぶ手配をしてくるよ」

「ええ。救急車が到着したらすぐに出発できるように、準備しておくわ」

「頼むよ」

ルカはケリーをちらりと見てほほえみ、バルコニーに出た。そして、携帯電話で病院に連絡した。救急車の手配がすむと、次は交換台にカルロを呼び出してもらった。数分後、カルロが電話に出た。患者の容体と、彼女が到着するまでにどんな準備が必要かをルカが説明すると、カルロは準備万端整えておくと約束した。

ルカが船室に戻ったとき、ロビンソン一家はすでに出発の準備ができていた。ルカは腕時計を見て、早くストレッチャーが届くことを祈った。時間がたてばたつほど、クロエは危険な状態になる。ドアがノックされ、二人の乗組員がストレッチャーを持って現れると、ルカはほっとした。

乗組員たちはクロエをストレッチャーに乗せ、それを艀に下ろした。そのあとロビンソン夫妻と息子が乗りこみ、ルカとケリーが続いた。

先に艀に移ったルカは、ケリーのために手を差し出した。彼女の指がルカの手をつかむと、彼の鼓動は速くなった。二人の重みで小船が揺れたので、ケリーはそのまましばらく彼の手を握っていた。

「ありがとう、もう大丈夫よ」やがてケリーは言い、手を離した。

それからストレッチャーに近づき、かがみこんでクロエに話しかけた。だが、ルカの心は波間を漂うコルクのように揺れつづけていた。絶望感に襲われ、彼は目を閉じた。こんな気持ちを抱くのは許されないとどんなに自分に言い聞かせても、役に立たない。体はケリーを求め、心は彼女に思いこがれ、頭は彼女を手に入れることはできないという事実を受け入れようとしない。細胞の一つ一つまでが、ケリーを取り戻したいというばかげた考えにとりつかれているようだ。

ケリーとマッテオさえいてくれたら、僕はほかになにもいらない。ケリーを手に入れ、彼女を愛し、これからの人生をともにできるなら、なんでもしよう——彼女のキャリアを犠牲にすること以外なら。

痛みが体を貫き、ルカは目を開けた。すべてはそこに戻ってしまう。どんなに強くケリーを求めていても、彼女にとって一番大切なものをこの手でだめにするわけにはいかないのだ。

7

無事に病院に着くと、クロエはすぐに病棟へ移された。ケリーは女の子のようすを確認したあと、症例記録を書くために医局へ向かった。昼食後にしてもよかったのだが、ルカが読み直すかもしれないので、すぐに書いてしまおうと思った。椅子に座ると、ケリーはため息をついた。こんなことをしても点数を稼げるわけではない。私は間違いなくむだな努力をしているし、ルカはその努力をなんとも思わないだろう。私がすることなど、まったく気にかけていないに違いない。

憂鬱（ゆううつ）な思いを振り払い、ケリーはさっきメモをとった内容を注意深く書き写した。それをもう一度読み直し、間違いがないことを確認してから、用紙の下の方に署名をした。この書類をファイルに綴（と）じてしまえば、昼食に行ける。

ケリーがキャビネットに近づいたとき、ドアが開いてレティツィアが入ってきた。ケリーは気が重くなった。レティツィアとは最初からそりが合わない。ほかのスタッフはケリーを歓迎してくれたが、レティツィアは初めから敵意を隠そうともしなかった。なにが問題なのかはわからないが、どうやらルカに関係があるらしい。でも、彼が私に興味を持っているとレティツィアが思っているなら、それは間違いだ。昨夜、彼は仕事以外ではいっさい私とかかわるつもりはないとはっきりさせたのだから。

「クロエ・ロビンソンの症例記録を書いていたの」

ケリーはレティツィアに話しかけた。一緒に働くからには彼女とうまくやっていきたかった。「船から運ばれてきた女の子よ」

「一緒に連れていってくれとルカに頼むなんて、あなたもなかなか賢いわね」レティツィアは言った。

「これで点数が稼げたでしょうよ」

「私は頼んでなんかいないわ」ケリーは否定した。

「一緒に行ってほしいと言われたから行ったのよ」

「なんとでも言えばいいわ」レティツィアはあなたの言葉を信じる気はないと言いたげに肩をすくめ、ケリーを無視して机に近づいた。そして、届いたばかりの検査結果の束をめくりはじめた。

ケリーはもう一度説得しようかと迷ったが、やがてあきらめた。レティツィアはどうせ自分が信じたいことしか信じないだろう。

午後は外来の診察があったので、昼食後、ケリーはまっすぐ診察室へ向かった。幸い、待っている患者は前回ほど多くはなかったから、午後の回診までに診察を終えられた。ルカはいつものようにメンバーを率い、細心の注意を払って患者を診察していった。クロエ・ロビンソンの診察は最後だった。クロエは感染症対策としての抗生物質に加え、痛み止めの弱い鎮痛薬の点滴を受けていた。ケリーが最後に見たときより少し元気になっていたが、腎臓にはまだ問題があるはずだ。しかし、二十四時間の腎機能テストの結果が出るまでは、彼女の腎臓がどれくらいダメージを受けているのか、はっきりしたことはなにも言えない。

看護師からクロエのファイルを受け取ったルカは眉をひそめた。「症例記録はどこだい?」

「そこに入っているはずですが」看護師は答え、不安そうにケリーを見た。「患者さんが運ばれてきたあと、ドクター・カーライアンがすぐに記録を書くとおっしゃっていましたから」

ルカは首を横に振った。「見当たらないな」彼はケリーの方を見た。「正確な記録を残すことはこの仕事の基本だ、ドクター・カーライアン。気が向いたときに書くのでは困る。すぐにこのファイルに最新の記録を綴じておいてくれ」

ルカはケリーにファイルを渡すと、弁解の余地も与えずにクロエの両親の方を向いてしまった。ほかのスタッフが目配せし合うのを見て、ケリーは唇を噛み締めた。みんなは私がきちんと仕事をしなかったと思いこんでいる。でも、そうではない。

急いでファイルを開いてみると、さっきあんなに慎重に書いたはずの症例記録がなかった。抜け落ちて、別の患者のファイルにまぎれてしまったのだろうか？　そんなことはありそうもないが、ほかに説明がつかない。すべてのファイルを調べてみるしかないだろう。

回診が終わるとすぐにケリーは医局へ行き、キャビネットにあるファイルを順番に調べていった。だが、彼女の書いた記録はなかった。ケリーが書類を書いたのは確かだが、その証拠はない。彼女がサボっていたのではないと証明する手だてはないのだ。ルカには仕事をきちんとこなしていないと思われてしまったけれど、どうしようもない。彼女にできるのは、二度と同じ失敗を繰り返さないようにすることだけだった。

ケリーは椅子に座り、ため息をついた。今後、すべての仕事をもう一度見直すことにしたとしても、ルカが私をやめさせる口実をさがしているなら、話はここで終わらないだろう。私を自分のチームに迎えられてうれしいとルカは言ったが、私を見るたびに過去のことを思い出すに違いない。当時、ルカはソフィアの妊娠を知らなかったとしても、私と付き合っていることに罪悪感はあったはずだ。その証拠に、今の彼は仕事以外では私とかかわりたくないとはっきり示した。この病院にとどまるかどうかは、私一人で決められることではなさそうだ。

病棟を出ると、ルカはまっすぐ自分のオフィスへ戻った。明日は理事会があるので、その準備をしておかなくてはならない。委員会では、予定外に確保できた財源をどう使うかについて、計画を立てて報告することになっている。ルカは自分のチームにもう一人、上級研修医を増やすことを提案するつもりだった。医師を一人増やせば出費は増すが、メリットも大きい。理事たちを説得できるかどうかは、僕にかかっている。

数字が間違っていないか確認するため、ルカはじっくりと書類を見直した。山のような事務仕事にはときどきいらいらするが、これを避けることはできない。間違いがないように、詳細を書類にしておく必要がある。それは医療に携わる人間にとって基本中の基本だ。だからこそ、ルカはケリーのミスに驚いていた。彼女は本当に僕が思っているほど優秀なのだろうか？　それとも、僕の個人的な感情が彼女の評価に影響を及ぼしているのだろうか？

客観的な判断ができなくなっているのかもしれないと思うと、ルカは不安になった。自分には人の能力を見抜く力があると思ってきたが、ケリーに関しては間違っていたようだ。もしそうなら、状況は変わってくる。たとえルカが自分の問題にケリーを巻きこんだとしても、彼女のキャリアに傷がつくことをそれほど心配する必要もないのだ。

自分が言い訳をさがしていることに気づき、ルカはうめき声をもらした。たった一度の小さな失敗で、これまで完璧（かんぺき）だったケリーの評価を下げるのは不公平だ。しかし、これからはもっと注意深く観察し、彼女が本当に僕の期待に沿う人物かどうか見きわめなくてはならない。決して彼女の失敗を望んでいるわけではない。ただ、僕も人間だから、もし彼女が失敗したらそれはそれで悪くはないと思ってしまう。

二人でともに過ごす未来が頭に浮かび、胸が高鳴ったが、ルカはすぐにそれを抑えこんだ。いずれにせよ、まずはケリーの役に立つことを考えなくては。

ケリーが仕事を終えたのは遅い時間だった。ミスがないよう気をつけなくてはという思いが重くのしかかり、彼女はすべての仕事に二度ずつ目を通した。病院を出たのは午後七時を過ぎていた。

今日も気持ちのいい夕方だった。昼の暑さも今は心地よい暖かさに変わっている。家の中に閉じこもっていてはもったいない。ケリーは部屋に着くとすぐにシャワーを浴び、着替えてから港へ出かけた。

昨夜はレストランに行きそびれた。ルカと口論したあとではパーティに出る気にもなれず、仲間たちには電話で言い訳をして、家に戻った。でも、今日は一人でも楽しい時間を過ごすつもりだった。

港へは昨日と同じ道を行き、ルカの家の前は足早に通り過ぎた。万一ばったりルカに会い、彼の家の近くをうろついていると思われたら困る。門はしっかりと閉められていた。マッテオがまた抜け出さないよう、用心しているのだろう。無理もない。あんな悲劇的な形で妻に先立たれ、そのうえ息子にまでなにかあったらと思うと、怖くてたまらないに違いない。

ルカがどんなにつらい思いをしたか考えると、ケリーの中に悲しみがこみあげた。愛する人を失って悲しむ彼の姿が、つい目に浮かんでしまう。ルカはいつかまた別の女性にめぐり合うのだろうか？　その女性との間にまた子供を作るかもしれない。ケリーと彼も、いつか子供を持ちたいとよく話し合ったものだ。どんな子供が生まれるかまで話した。黒い髪とグレーの瞳をしたルカそっくりの男の子と、赤い髪とグリーンの瞳のケリーそっくりの女の子……。

ふいに思い出がよみがえり、ケリーは胸が痛んだ。昔のことは考えない訓練をしてきたが、記憶を完全に消し去るのはむずかしい。ルカと別れてから、何人かの男性とデートもしたけれど、その男性の子供を欲しいと思ったことは一度もなかった。

子供を持つのは男と女にとって最終的な愛の形だ。人生を変えるようなそういう道を歩きだす前に、二人の関係は固い絆で結ばれていなくてはならない。ケリーは子供のころ、両親がもがき苦しむのを見てきた。すでにひびの入っていた夫婦関係は、子供を持ったことでさらに緊張し、ついに離婚に至った。

ケリーは心から愛している男性以外とは決して子供を作るまいと決めていた。そして、子供が生まれたら、ひたすら愛情をこめて育てようと。ルカも同じ考えだと知ってうれしかった。だが、そのときはまだソフィアの存在を知らなかった。つらい思いがこみあげてきて、ケリーは一瞬、これ以上無理をせずにイギリスに帰るべきではないかと思った。私はともかく、ルカのいない人生を生きていかなくてはならないのだから。

港のまわりの店は、早めに夕食をとる客で込み合っていた。大きな店を何軒かのぞいてみたがどこも満席だったので、観光客が入りそうにない、わき道に立つ店をのぞいた。だが、そういう店も満席だった。これが最後と思って入った店で断られ、あきらめかけたとき、だれかに名前を呼ばれた。振り向くと、その店の奥でルカが手招きしているのが見えた。

ルカは立ちあがり、ケリーに近づいてきた。「座る場所をさがしてるなら、僕たちのテーブルに席があるよ」ケリーが黙っていると、彼は肩をすくめた。「僕たちはもう食べおわるから、そのあとは君一人でテーブルを占領できる」

「ご親切にありがとう」どう断ろうかと考えながら、ケリーは答えた。こんなにつらい気持ちのときに、ルカと一緒に過ごすのはいやだった。

「君は座る場所をさがしていて、僕たちのテーブルにはあいた席がある――問題は解決だ」

ルカはケリーがもちろん彼の提案を受け入れたと思ったらしく、さっさとテーブルに戻っていった。だが、彼女はまだ迷っていた。確かにルカの言うとおりだが、この場を乗りきる自信がなかった。

ルカが当然のように手を振っているのを見て、ケリーはため息をついた。もし断ったら、彼は疑いを抱くだろう。それは避けたい。今日は仕事でルカの信頼を揺るがせてしまったから、できるだけ早く埋め合わせをする必要がある。夢見てきたような家庭を持てないなら、せめてキャリアだけは手に入れたい。そのためにはルカの信頼を失うわけにはいかない。

ケリーは深呼吸すると、店の奥へ向かって歩きはじめた。たとえ心が犠牲になるとしても、キャリアを手に入れるためにはそうするしかなかった。

8

「それと、赤のグラスワインを。地元のハウスワインでいいわ。ありがとう（グラッツェ）」

ルカはケリーが注文を終えるのを待っていた。なぜ彼女をこのテーブルに誘ってしまったのか、自分でもよくわからない。理性はケリーを避けるべきだと主張していたが、どうしても彼女と過ごしたかった。ルカは落ち着かない気持ちになり、自分に言い聞かせた。自分のことより、まずはケリーのことを考えろ。

「パパ」マッテオがパスタを食べおえたことを見せるため、からになった皿を差し出した。

「いい子だ」ルカは褒め、マッテオの黒い巻き毛をくしゃくしゃにした。「じゃあ、アイスクリームを食べるかい？」

「うん」マッテオが喜んで手をたたいたので、ケリーが笑った。

「坊やはアイスクリームが好きなのね？」

「大好きなんだ」ルカはなんとかほほえみつつ、内心では自分がどんなに神経質になっているか、彼女に悟られないことを願っていた。僕はただケリーに同席を申し出ただけだ。動揺する必要はない。「ほうっておくと、アイスクリームしか食べない。認めたくはないが、僕もほかの親と同じで、子供にきちんと食事をさせるために交換条件を出してるのさ」

　ケリーは含み笑いをした。「信念を曲げなくてはならないなんて、親というのはつらいものね」

　ルカは目をくるりと動かした。「そのとおりだ。自分は絶対にそんな手は使うまいと思っていたのに、なかなか食事を食べない二歳の息子を前にしたら、信念などあっという間に吹き飛んでしまう」

「これくらいの時期は好き嫌いが多いものよ」ケリーが指摘すると、ルカはため息をついた。

「わかってる。だが、自分の子供のこととなると、話が違うんだ。いっさいの客観的な情報がまったく役に立たない」

「あなたにはむずかしいでしょうね」ルカの驚いた顔を見て、ケリーは肩をすくめた。「つまり、一人で子供を育てるのは簡単ではないということよ」

「ああ、そのとおりだ」嘘をついてもしかたがないので、ルカは正直に言った。「母親がいないことで、マッテオは大切なものを失っている。僕はそれを埋め合わせるためにできるだけのことをしているが、なかなかそばにいてやれないから、むずかしい」

「あなたが仕事に行っている間、だれがマッテオの面倒をみているの？」

「マリアという家政婦だ。マッテオが生まれたときから家にいて、彼を愛してくれている。だが彼女にとっては、四六時中マッテオに気を配っているのが大変になってきているようだ。昨日もマッテオは道路に出てしまった。この子が庭で遊んでいるときは目を離してはいけないのに、彼女は眠ってしまったんだ。午後、なにかの配達が来てから門が開けっぱなしになっていて、マッテオはそこから出ていった。君がいてくれなかったら、どうなっていたか」

「二十四時間、子供から目を離さずにいるのは不可能よ」

「そのとおりだが、ゆうべのことはちょっと気をつけていれば避けられた」

「それで、どうするつもり？　マリアには重荷だというなら、専門の養育係(ナニー)でも雇うの？」

ルカは顔をしかめた。「雇ってみたが、うまくいかなかったんだ。最初の女性は一週間でやめてしまい、次の女性もそれほど長くは続かなかった。彼女はもっと続けるつもりだったらしいが、二カ月ほどたったある日、僕がたまたま早く帰ってきたら、マッテオがベッドの中で泣き叫んでいた。おむつが濡(ぬ)れて、喉も渇いていたようだ。そのナニーは一日じゅうプールで過ごし、マッテオのようすを見にも行かなかったらしい」

「ひどいわ」ケリーは手を伸ばし、男の子の巻き毛を撫(な)でた。「よくそんなことができるわね」

ケリーの心配そうな表情を見てルカは胸が締めつけられたが、心を動かされたことをなんとか顔に出すまいとした。「彼女はその場でくびにした。それ以来、また同じことが起きるのが怖くてほかの人を頼めないんだ。だからマリアにマッテオの世話を頼んだ。これまではうまくいっていたが、最近のマッテオはよく動くようになり、マリアはついていけなくなってきている。あの年齢の女性が元気な二歳児を追いかけるのは大変だよ」

「病院に託児所があるでしょう？　この前、看護師の一人がその話をしていたわ。彼女の小さな娘さんは、そこへ行くのをとても喜ぶんですって。マッテオも預かってもらえばいいのに」

「この子には合わない」ルカはそっけなく言った。

「どうして？　ほかの子供と遊ぶのはマッテオのためにもなるし、あなたもお昼休みに会いに行けるわ。理想的な解決法だと思うけど」

「そうかもしれないが、君は僕ほどマッテオのことをわかっていないだろう」

ルカの刺々しい言い方に、ケリーは顔をこわばらせた。「悪かったわ。立ち入るつもりはなかったのよ」

ルカはため息をついた。僕もケリーを傷つけるつもりはなかった。「君は立ち入ってなんかいないよ、ケリー。ただ、僕がなかなか一緒にいてやれないから、マッテオは家にいたほうがいいと思うんだ」

「その気持ちはよくわかるわ」

ケリーの真剣な目を見て、ルカは胸がいっぱいになった。二人の間にはあんな出来事があったのだから、ケリーが自分の問題をこんなに心配してくれるとは思ってもみなかった。

「でも、親が子供に安心感を与えるためにいつでも一緒にいる必要はないと思うの。ケイティと私は保育園には行かなかった。私たちが小さいころは母が家にいて、面倒をみてくれたから。でも、だからといって、私たちが本当に安心感を得ていたとは言えないわ。両親が絶えず喧嘩をしていたせいで、家の中にはいつも緊張感が漂っていた。実際のところ、両親が離婚したときはほっとしたの。少なくとも二人が毎日言い争うことはなくなったから」

ルカは眉をひそめた。ケリーが両親の話をするのはこれが初めてだ。二人とも亡くなっているということ以外、なにも聞いていなかった。「君からご両親の話を聞くのは初めてだね」

「今まで思いつかなかったのよ」ケリーは肩をすくめたが、そんな単純な理由ではないはずだとルカは思った。僕と同じく、ケリーの心にも子供のころの出来事が影を落としているのだろうか？

ルカは今なお過去の傷をかかえていた。これからもその傷が消えることはないだろう。施設の職員たちの残酷で思いやりのない態度は、ルカの中に権威に対する根深い不信感を植えつけた。マッテオを託児所に預けるのをためらうのも、他人に息子をゆだねることを怖いと思うせいだった。

見捨てられ、頼る者がいないというのがどんな気持ちか、ルカはよく知っていた。母親がルカを施設に置き去りにしたのは、彼が六歳のころだった。そのときの心細さは今でも覚えている。施設の職員たちの態度が、自分は価値のない人間だという思いをいっそう強くした。その心の傷は、肉体的な虐待で受けた傷とは比べものにならないほど深い。

家で両親と一緒に暮らす子供たちを、ルカはいつもうらやましく思ってきた。だが、ケリーの少女時代はそれほど幸せではなかったようだ。もしかしたら、子供に安心感を与えるには、家に両親がいるだけでは十分ではないのだろうか？

僕の考えは間違っていたかもしれないと思うと、ルカは落ち着かない気分になり、ウエーターがケリーの料理を持ってきたのを見てほっとした。アイスクリームも運ばれてきたのでルカが手伝おうとすると、マッテオはその手を押しのけた。

ケリーが笑った。「よけいなお世話みたいよ。スプーンを使うのが上手ね」

「アイスクリームを食べるときは、とくにね」ルカは皮肉っぽく言った。それから息子の顎についたアイスクリームをふいてやろうとしたが、またマッテオに文句を言われた。「じゃあ、食べおわってからにしよう」ルカはナプキンをテーブルの上に置き、椅子の背にもたれた。「パスタはどうだい？」ケリーが料理を食べはじめたのを見て、彼は尋ねた。

「おいしいわ。私もこれくらい上手に作れるといいんだけど」

「パスタを作るには熟練の技が必要だからね」

「そうね」ケリーはパスタをフォークに巻きつけ、ほほえんだ。「あなたのお母さまはおいしいパスタを作るこつを教えてくれた？」

「僕は母に食事を作ってもらった記憶はない」ルカはそっけなく答えた。

「本当に？」ケリーは眉をつりあげた。「だったら、あなたの家ではだれが食事を作っていたの？　お父さま？」

「いや。父には一度も会ったことがないんだ。両親は結婚していなかったから、僕は六歳まで母と暮らし、そのあとは施設に入った」

「お母さまは亡くなったということ？」

「いや」ルカは首を振った。なぜこんな話をしてしまったのだろう？　今までだれかに自分の過去を話したことはないのに。僕の過去を知っているのはソフィアだけだが、それは彼女も同じ境遇で育ったからだ。ただ、ソフィアの両親は事故で亡くなり、僕は捨てられたという点は違う。ふいに胸が痛み、ルカは耳ざわりな声で笑った。「母は僕の面倒をみるのがいやになったのさ。金さえあったら中絶していたと、母は平気で言っていた。実際、おまえなんか生まれてこなければよかったのにと毎日のように言われていたよ。結局、母は最後の手段として僕を施設に入れ、僕を忘れたのさ」

ケリーはなんと言えばいいかわからなかった。ルカの人生のスタートがそんな悲惨なものだったとは、想像もしていなかった。彼女は口を開きかけ、また閉じた。なにを言っても陳腐な言葉にしか聞こえないとわかっていた。いったいどうすればルカの気持ちを楽にできるだろう？　彼は私の同情など求めていない。私にはなに一つ求めていないのだ。

そう思うと、ケリーの目に涙があふれた。ルカはそれを見てため息をついた。

「ごめんよ、ケリー。君を動揺させるつもりはなかったんだ。過去のことはもう終わった。今さらくよくよ考えてもしかたがない」

「もっと前に話してほしかったわ」ケリーはつらそうにルカを見た。「話してくれていたら、あなたも少しは気が楽になったかもしれない」

一瞬、ルカの顔に切望のようなものがよぎったが、すぐに消えた。「ソフィアは僕の子供のころのことを知っていた。彼女には打ち明けられたんだ」

ルカに冷たくはねつけられ、ケリーは怯んだ。彼は子供のころの話をソフィアには打ち明けたのに、私には打ち明けなかった。つまり、私のことをそれほど大切に思ってはいなかったのだ。ケリーは自分がどんなに傷ついたかを悟られまいとして言った。

「少なくとも、あなたには過去の出来事を打ち明けられる人がいた。きっとそれで救われたでしょう」

ルカはなにも言わずに首を傾げた。ケリーは再び食事を始めたが、今や料理はおが屑のような味がした。二口ほど食べ、彼女は皿を押しやった。ルカが自分の支えを必要としてはいなかったのはもちろんつらかったが、おかしなことに、彼がどんな苦しみに耐えてきたかを考えるともっとつらくなった。

マッテオを見て、また涙があふれた。ルカが母親に見捨てられたのは、今のマッテオより少し大きいくらいのころだ。母親が見知らぬ人間たちの中に自分を置き去りにしたとき、ルカはどんなにとまどっただろう。そんな彼がマッテオに幸せな子供時代を送らせたいと思うのは当然だ。

「だめだ」

　突然、ルカの手がケリーの手に重ねられ、彼女は顔を上げた。彼の瞳に後悔の色が浮かんでいるのを見て驚き、ケリーは尋ねた。「どういう意味？」

「君は今の話を聞いて動転しているようだが、そんなことはしてほしくない。君を僕の問題に巻きこみたくないんだ、ケリー」

「私が勘違いするかもしれないと思っているなら、ご心配なく」ケリーはルカをにらみつけた。「私はあなたとよりを戻したいなんて思ってないわ。私たちは今もこれからも単なる同僚よ」

「よかった。僕たちがその境界線をきちんと理解していれば、なにも問題はない」

　ルカが席を立ってマッテオを抱きあげたので、ケリーはほっとした。

「そろそろこの子を寝かせないと。君はゆっくりしていってくれ、ケリー」

「ありがとう。そうするわ」

　そのとき、父親に抱かれていたマッテオがふいにケリーに向かって手を伸ばし、彼女の首にしがみついた。ケリーがとっさにルカからマッテオを受け取ると、男の子は彼女の頰に湿った唇を押しつけてにっこり笑った。

「チャオ」彼はよくまわらぬ舌で言った。

「チャオ、マッテオ」ケリーも言い、キスを返した。そしてマッテオをぎゅっと抱き締めてから、ルカの腕に戻した。そのとき二人の手が触れ合い、ケリーの体に電流が走った。ケリーは身震いしたが、どういうわけかルカも体を震わせていた。

　それを見た瞬間、ケリーは悟った。これまでルカが言った言葉はすべて嘘だったのだと。彼は私に興味がないのではない。今も私に好意を抱いている。ソフィアと結婚したけれど、まだ私を求めている。その証拠に、ルカの瞳にはケリーに対する情熱が燃えあがっていた。

「また明日、ケリー」ルカはそっけなく言い、テーブルを離れた。

ケリーは黙ったまま、去っていくルカを見つめていた。ルカがまだ自分を求めていると思うと、胸が高鳴ると同時に恐怖も覚えた。二度とだれにも傷つけられたくないと強く思っていたからだ。

ウエーターを呼んで会計を頼むと、もうルカが支払いをすませたことがわかり、ケリーはうろたえた。しかたがないのでウエーターにチップだけ渡し、店を出た。ルカに食事代を払ってもらったからといって動揺するのはばかげているとわかっていたし、自分たちの間に境界線を引かなくてはならないのもわかっていた。

ルカにはもう二度と人生を左右されたくない。彼と別れたあと、ケリーは仕事を含め、すべてのものに興味を失った。それまでは仕事が生きる活力だったのに、一年近く、ただ惰性で生きていた。姉のケイティに、気を取り直して前に進まなくてはだめだと諭され、ようやく立ち直ったのだ。

遅れを取り戻すために必死に働き、今の仕事を手に入れたことを、ケリーは誇りに思っていた。やっともとの道に戻れたのだから、同じ過ちを繰り返すわけにはいかない。今後はルカとの間に距離をおいたほうが安全だ。でも、本当にそんなことができるだろうか？

店を出ていく前のルカの表情を思い出し、ケリーは胸が締めつけられた。彼女を自分の問題に巻きこみたくないと、ルカは言った。だがケリーは、彼の瞳の中に切望と情熱を見てしまった。いまだにお互いに惹かれている気持ちに彼が抵抗できるとは、ケリーは思えなかった。

9

翌朝、ルカが病院に着いたのは午前七時少し前だった。九時から理事会があるので、早めに仕事を始めたかった。幸い、マッテオはいつも太陽がのぼると同時に目を覚ますので、家を出る前に三十分ほど本を読んでやれる。そのことで、いつも家にいてやれないというルカの罪悪感は少しやわらいでいた。だが、親がいつも子供のそばにいるのがいいこととは限らないというケリーの主張が事実なら、それほど神経質になる必要はないのかもしれない。

　オフィスに入ると、ルカはため息をついた。昨夜はずっとケリーのことを考えていた。眠りに落ちたあとさえ、彼女の夢を見た。エロチックな夢で、目覚めたときには欲求不満に陥っていた。昨夜、ケリーと過ごしたせいで、この二年間、どれほど彼女に会いたいと思っていたかを実感した。だが、こんな気持ちはしっかりと抑えこまなくてはならない。僕には息子を育てる責任と、過酷な仕事がある。僕の人生に彼女が入りこむ余地はない。

　だいぶ仕事が片づいたころ、チームのメンバーが揃(そろ)ったと秘書がインターコムで知らせてきた。オフィスに入ってきたメンバーの中にケリーがいないことに気づき、ルカは眉をひそめた。彼女はふだんはかなり早く出勤しているから、なにかあったのではないかと心配になった。「ドクター・カーライアンはどうしたんだい？」不安を隠すため、彼はぶっきらぼうに尋ねた。

「わかりません」カルロが答えた。「スタッフルームでは見かけませんでしたが」

「夜ふかしして、寝過ごしたんじゃないかしら」レティツィアが意地悪くつぶやいた。

「それは遅刻の言い訳にはならない」ルカはぴしゃりと言った。それからメンバーたちに、自分は理事会に出席するから朝の回診はカルロにまかせると説明し、そのあといくつかの症例の再検討に入った。

だが、作業が半分ほど進んでも、ケリーは姿を見せなかった。ルカはますます心配になった。用務員に頼んで宿舎まで見に行ってもらおうかと考えていたとき、ようやくケリーが入ってきた。

「遅くなってすみません」椅子を引きながら、ケリーは謝った。しかし遅れた理由を説明しようとはしないので、ルカは頭に血がのぼった。

彼はケリーをにらみつけた。「僕は君たちに時間どおり集まってもらいたい。それができないなら、少なくとも遅刻の理由を伝言くらいしてくれ。今後のために、手帳にそうメモしておくといい」

ケリーは頬を赤らめたが、ルカから視線をそらさなかった。「すみません。二度とこういうことがないように気をつけます」

ケリーが自分の言い方に腹を立てているのはわかったが、ルカはゆずれなかった。「当然だ」彼はきつい口調で言った。

それから一時間はあっという間に過ぎた。やがて理事会の始まる時間になり、ルカは会議室へ向かった。なかなか来ないエレベーターを待っているうちに、チームのメンバーが病棟へ行くため彼のそばを通り過ぎた。ケリーは列の最後尾にいたが、ルカを無視してさっさと歩いていった。

ルカはため息をついた。ケリーが腹を立てるのもわかるが、遅刻したことを注意しないわけにはいかない。ケリーだけ甘やかすことはできないし、とにかく彼女はみんなを待たせたのだから。

エレベーターの中で、ルカは再び考えた。ケリーは本当に僕が思っていたように優秀なのだろうか?

この数日間、彼女は何度か基本的なミスを犯した。もしかすると、僕は彼女の評価を誤っていたのかもしれない。これからはケリーの言動に注意を払っていたほうがよさそうだ。患者のためだけではない。助けが必要なら、ケリーに手を貸してやらないと。もちろん、彼女がそうさせてくれればの話だが。

ケリーはみんなのあとをついて歩きながら、怒りで煮えくり返っていた。ルカがどう思っているにせよ、私はミーティングに遅刻すると伝言を頼んであった。なぜそれが伝わらなかったのかはわからないが、ルカがあんな言い方をしたのは事実だ。彼は同僚たちの前で私に恥をかかせて喜んでいるようにさえ見えた。

「気にするな、ケリー。ルカはときどき厳しいことを言うが、本来は公平な人間だ」

「わかってるわ」カルロに声をかけられ、ケリーは無理やりほほえんだ。どんなに傷ついているか、彼に知られたくなかった。「私はきっと、彼の神経を逆撫でするようなことをしてしまったんでしょう」

「彼は完璧主義者だからね」カルロは笑った。「自分は仕事に全力をそそいでいて、他人にもそれを求める。僕たちはただの弱い人間で、できることには限界があるのがわからないんだよ」

「あなたの言うとおりでしょうね」ケリーは同意したが、本当はそんなに簡単な話ではないと思っていた。ソフィアに対する罪悪感のせいで、ルカは私に厳しい態度をとるのではないか。ケリーはそう思っていた。こんな状態がずっと続くのだろうか？　ルカも私と同じく過去を忘れるのはむずかしいと感じているようだから、私はその事実を受け入れ、ここを去るべきかもしれない。そう思っても、心の一部は、長い間の夢だったこの仕事をあきらめたくないと言っていた。

「今朝はどうしたんだい？」並んで廊下を歩いていたカルロが尋ねた。「朝のミーティングに遅刻するなんて、君らしくないね」

「本当は遅刻なんてしてないの」ケリーは説明した。「七時過ぎには出勤して、クロエ・ロビンソンのようすを見に行っていたのよ。ゆうべ、クロエの容体が悪かったので、ご両親はとても心配していたわ。だから二人をコーヒーに誘ったの。遅れるかもしれないとルカに伝えてくれるよう、看護師の一人に頼んだんだけど、伝わらなかったみたい」

カルロは困惑したようにケリーの顔を見た。「どうして彼にそう言わなかったんだい？」

「言うチャンスをもらえなかったからよ」

「だったら、僕が言っておくよ。仕事をしていて遅れたのに怒られるなんて、フェアじゃない」

「ありがとう、カルロ。でも、なにも言わないで」

カルロが驚いたように自分を見たので、ケリーは肩をすくめた。「必死に言い訳していると思われたくないの。この件は忘れて、二度と彼に叱られるような失敗をしないようにするわ」

「まあ、君がそう思うなら」カルロは納得のいかないようすで答えた。

「ええ、そう思うわ」ケリーはきっぱりと答え、病棟のドアを押し開けた。

カルロはそれ以上なにも言わなかったけれど、ケリーの言葉に納得していないのは明らかだった。でも、ルカは私のすることなすことすべて悪くとる気でいるのだから、いくら言い訳してもむだなのだ。

そう思うと暗い気持ちになったが、幸い、そのあとは忙しくて悩んでいる暇はなかった。回診が終わるとすぐに、ケリーは二歳になる双子の男の子を診察した。呼吸困難で運びこまれてきた、ステファノとセバスティアーノだ。カルロは外来診察の当番で、レティツィアは症例記録を書いていたため、ケリーが救急医療部からの電話に出たのだった。

急いで救急医療部へ行ってみると、そこは大混乱に陥っていた。どうやら男の子たちは家族や親戚と一緒に休暇を過ごすためにこの島に来ていたらしい。二人のおじやおば、いとこたちまで集まり、その騒ぎは大変なものだった。

ケリーは彼らの横を通り抜けて処置室に入っていき、当番の医師、ドクター・マグダレーナ・カヴァリにほほえんだ。「大変なことになってるわね」

「私まで頭が痛くなってきたわ」マグダレーナは言った。「あんまり騒がしいから、この子たちまで症状が悪化しているの。両親にみんなを静かにさせてほしいと頼んだところよ」

「だったら、できるだけ急いで処置をしたほうがいいわね」ケリーは言い、ベッドに近づいた。

並んで横たわった二人の男の子は、酸素吸入を受けているにもかかわらず苦しそうに呼吸していた。

「喘息の病歴は？」胸の音を聞くために聴診器をつけながら、ケリーは尋ねた。聴診器の先を手で温めてから小さな胸に当てると、彼女は眉をひそめた。肺からぱちぱちという捻髪音が聞こえる。

「ないわ。両親が言うには、二人とも生まれてから一度も病気なんかしたことがないそうよ」

「決められている予防注射は全部受けているのかしら？」

「受けているそうよ。この子たちのかかりつけ医から記録が届けば、確認できるわ。今、ファックスを待っているところなの」

「よかった。予防注射をきちんと受けていれば、ジフテリアのような病気は除外できるわね」ケリーはほっとして言った。

もう一人の男の子を診察すると、やはり肺から同じ音が聞こえた。呼吸はとても速く、熱もあるようで、たまに咳をしている。すべての症状を頭の中で並べてみて、ケリーは眉をひそめた。

「症状から考えると、細気管支炎じゃないかしら。RSウイルスが存在するかどうか、血液検査をする必要があるわね」

「検査室には私が連絡するわ」マグダレーナが申し出た。

「ありがとう。その間に私は入院の手続きをしておくわ。二人とも苦しそうだから、酸素療法が必要ね。ご両親に説明してもらえる?」ケリーはほほえんだ。「私のイタリア語では、あの人たちの質問攻めに答えるのは無理だわ」

「あなたは思っているよりずっとイタリア語が上手よ」マグダレーナは言ったが、ケリーが顔をしかめると笑った。「わかったわ。私が説明しましょう。あの騒ぎに巻きこまれたくない気持ちはわかるわ」

「ありがとう」ケリーはにっこり笑って礼を言った。

入院手続きをすませると、ケリーは病棟へ戻った。


男の子たちが落ち着いたころには昼になっていたが、ケリーは今日も昼休みをとらずに医局へ行き、症例記録を書いた。そして、間違いがないかもう一度確かめてからキャビネットの引き出しにしまい、しっかりと鍵をかけた。症例記録がなくなったり、伝言が伝わらなかったり、最近はどうもついていない。今日はもうルカの機嫌をそこねないようにしなくては。


　会議が終わり、ルカはほっとしていた。理事会には上級研修医をもう一人増やすことを認めてもらえたが、今は集中力もとぎれていた。僕はケリーに厳しくしすぎだろうか? 気がつくとそのことばかり考えている。彼女をほかのスタッフと同じように扱うのは簡単ではないが、一緒に働くためにはなんとか解決策を見つけなくてはならない。

　病棟に戻ると、ルカはまっすぐ医局に向かった。

回診に出られなかったので、何人かの子供たちの容体を知りたかった。カルロにまかせておけば大丈夫だとわかっているが、患者のことはきちんと把握しておきたい。医局のドアを開けて中に入ったとたん、キャビネットのそばに立っているケリーに気づき、ルカはぴたりと足をとめた。

突然、心臓が早鐘を打ちはじめた。この二年間、ケリーのことを忘れようと必死に努力してきたが、むだだった。頭と心に刻みこまれた彼女の記憶はどうやっても消せない。ケリーは僕の心の伴侶であり、分身だ。彼女がいてはじめて、僕は完全な存在になれる。そう思った瞬間、ルカは悟った。ケリーにこのことを伝えなければ、一生後悔するだろう。だが、僕がケリーを愛していると告げることで、彼女が大切にしてきたものをだめにしてしまうかもしれない。僕にそんな権利はあるだろうか？

10

「まあ、あなたが入ってきたことに気づかなかったわ」キャビネットから向き直って戸口に立っているルカを見たとき、ケリーは頬がほてるのを感じた。咳払いをして、自分が神経質になっていることを彼に悟られませんようにと祈った。もっとも、今朝の出来事を考えれば神経質になるのも当然だったが。

「私になにかご用かしら？」

「いや。容体を確認しておきたい患者が何人かいただけだ」ルカは言い、部屋に入ってきた。

「そう」ケリーはほほえんだものの、ルカの視線を意識して落ち着かない気分だった。「またなにか叱られるのかと思ったけど、そうでないならよかったわ」

ルカの瞳が陰った。「それは僕が最近、君に厳しすぎるという意味かい？」

「まあね」ケリーはしぶしぶ認めたが、よけいなことを言わなければよかったと後悔した。ルカの態度に不満を言っていると思われたくなかった。結局のところ、ケリーは実際に症例記録をなくしたり遅刻をしたりしているのだから、怒られても当然だ。それでも、自分に対するルカの信頼はその程度だったのだと思うとつらかった。

「だったら謝るよ」ルカはいらだたしげに言った。「君を怒らせるつもりはなかったんだ」

「私だってあなたを怒らせたくないわ」ケリーはためらった。この話をするべきだろうか？　でも、こんなに重大な事実を隠しているわけにはいかない。

「あなたは私にとってとても大切な人だから」

「僕も君を大切に思っている。だから僕たちは一緒に働くのが大変なんだ。自分たちの感情を抑えるのがむずかしいから」

「ええ。過去のことは考えまいとしているけど、やはり忘れることはできない。私たちは付き合っていたのよ、ルカ。どんなにそうしたくても、その事実を無視することはできないわ」

「だったら、どうすればいいと思う？」

「わからないの。でも、今の二人がうまくいっていないのは確かでしょう？」

「同僚であると同時に、友人にもなるというのはどうだい？」ルカはゆっくりと言った。「そうすれば、少しは肩の力が抜けるんじゃないかい？」

「どうかしら」ルカの友人になることを想像してみて、ケリーは眉をひそめた。そのほうが今よりはましかもしれない。でも、私はそれで満足できるだろうか？　最終的にはルカに友情以上のものを求めてしまうのではないか？　そう思うと不安がこみあげ、ケリーはあわてて続けた。「試してみましょう。どのみち、私たちには失うものなどなにもないのだから」

「ああ、なにもない」ルカはケリーに向かって小さくほほえんだ。

その瞳に温かい感情が浮かぶのを見て、ケリーは心臓がひっくり返りそうになった。彼の胸に飛びこみたい衝動をこらえているので精いっぱいだった。

「じゃあ、僕たちは仲よくやっていこうと決めたんだから、今週末、マッテオと三人で一緒に過ごすというのはどうかな？」

「なにをするつもり？」ケリーは慎重に尋ねながら、小難を逃れて大難に陥る、という諺を思い出していた。

ルカは笑った。「そんなに怯えた顔をしないでくれ。海辺へピクニックに行き、砂のお城でも作ろうと思っただけさ。友達になって初めての外出としてはちょうどいいだろう。ただし、言っておくが、僕は砂の城作りの名人なんだ。決して勝てはしないから、僕に挑戦しようなんて思わないほうがいい」

「あら、そうなの？」ケリーは冷ややかな視線を向けたが、ルカの子供じみた言葉に必死に笑いをこらえていた。「ちょっとうぬぼれが強すぎるんじゃない、ドクター・フェレーロ？　言っておくけど、私だって砂のパイを作るのが得意なのよ」

「ふん」ルカはばかにしたように手を振った。「砂のパイなんて、素人の作るものさ。僕が言っているのは、水の流れる堀のついた本物の城のことだ」

「自分の技術のほうが上だと思ってるのね。いいでしょう。見てらっしゃい。ショックを受けるから」

ケリーは嘲笑ったが、この島に来て以来、こんな幸せな気持ちになったのは初めてだった。いつもルカと距離をおこうとして自分がどんなに緊張していたか、今になってわかった。友人としてやっていこうというルカの提案は正しいのかもしれない。少なくとも、二人で一緒に過ごせば、ルカを失ったあと心にぽっかり開いた穴を埋めることはできるだろう。

ケリーはそこではっとした。二人が過去にどんな関係だったかは忘れ、新しい関係に目を向けなくては。彼女はにっこりして手を差し出した。「友情をたたえて、握手よ」

「永遠の友情に」ルカも言い、彼女の手を握った。

ルカの指が自分の手をつかんだ瞬間、ケリーは息がとまった。指先から全身に興奮が広がり、一瞬にして二年前に戻っていた。今もなお、ルカが自分に対して驚くほどの影響力を持っていることに不安を覚え、彼が手を離したときにはほっとした。

「僕はそろそろ症例記録の確認を始めるよ」机に向かって歩きながら、ルカは言った。

「私もあなたに怠けていると思われる前に仕事にとりかかるわ」ケリーは早口で言った。

「僕は君のことをそんなふうに思ったことはないよ、ケリー」ルカはきっぱりと言った。「君がどんなに仕事熱心か、僕は知っている」

「ありがとう。そう言ってもらえてうれしいわ」ケリーはほほえみ、まだルカと一緒にいたい気持ちを抑えて戸口に向かった。友人なら、越えてはならない一線がある。「午後の回診で会いましょう」

「ああ」

ルカはそれだけ言うと、椅子を引いて腰を下ろした。ケリーは病棟に戻って双子を診察し、彼らがとりあえず危機を脱したことを両親に伝えた。それから検査室に連絡をとり、なるべく急いで血液検査の結果を出してくれるよう頼んだ。

少なくとも、少年たちは期待できる限り最高の治療を受けているとケリーは思った。聖マルゲリータ病院はヨーロッパじゅうにその名を知られている。ここでの経験はケリーの将来におおいに役立つだろう。彼女はゆっくりと、だが確実に自分の目標に近づきつつあった。自分の得た知識を若い人たちに伝えるため、大きな教育病院の小児科教授になるという目標に。それはケリーが十代のころから夢見ていたことだった。ここでがんばれば、もう一息で夢を実現できる。有名なこの病院で高い評価を得られたら、きっと将来、役に立つだろう。だからこそ、ルカとなんとかうまくやっていく方法が見つかってうれしかった。今後、二人は同僚というだけでなく、友人でもある。そう思うと、ルカの人生に自分の居場所はないというつらさが少しやわらいだ。

　僕はどうかしていた！　ピクニックの支度をしながら、ルカは激しく動揺していた。軽率にも、マッテオと三人で海に行こうとケリーを誘ってしまったなんて、信じられない。おまえは本気で彼女と友人になれると思っているのか？　そんなことができるはずがないのに！

　ルカはうめいた。僕がケリーに求めているのは友情などではなく、もっとずっと大切なものだ。それなのに、なぜ自分からこんな苦しみを味わおうとする？　早く彼女に電話をして、今日の約束を断るんだ。

　キッチンを出て電話のある廊下に向かったところで、玄関の呼び鈴が鳴った。腕時計をちらりと見て、ルカの心は沈んだ。ケリーに違いない。玄関に向かう彼は、死刑を宣告された罪人のような気持ちだった。だが、これは自分が言いだしたことなのだから、自分で責任をとらなくては。

　ルカは深呼吸をしてドアを開けた。「おはよう（ボンジョルノ）、ケリー。早かったね」

「早すぎたかしら？」ケリーが心配そうに尋ねた。

　困ったようなケリーの顔を見て、ルカはため息をついた。僕の軽率なふるまいのせいで彼女にきまり悪い思いをさせるのはフェアじゃない。「とんでもない」ルカは言い、ケリーを招き入れた。それからキッチンに案内し、ピクニックバスケットを見せた。「昼食を詰めていたところさ。マリアがものすごくたくさん作ってくれたから、一週間でも海辺にいられるよ」

「これだけあったら、軍隊を一つ養えるわね」

ケリーにほほえみかけられ、ルカは分別を失いそうになった。ケリーがあまりにも美しいので、思わず彼女を引き寄せてキスしたくなってしまった。だが、友達というのはそんなことはしない。「そうだな。でも、全部持っていかないとマリアは機嫌をそこねるだろう」ルカはすばやく残りの食べ物をバスケットに入れ、その間になんとか落ち着きを取り戻した。「さあ、できた」バスケットを持ちあげ、彼は言った。「これを車に積んでから、マッテオを連れてくるよ」

「彼はどこ?」ケリーはあたりを見まわして尋ねた。

「庭にいるよ。準備がすべて終わるまで、なにか別のことに注意を向けさせておいたほうがいいと思ったんだ」緊張が顔に出ていなければいいと願いながら、ルカはなんとか笑みを浮かべた。「海に行くと言うと、興奮しすぎて具合が悪くなることがあるから」

「まあ、かわいそうに!」

ケリーの瞳に心配そうな色が浮かんだ。それを見て胸の痛みを覚え、ルカは急いでその場を離れて車に向かった。ケリーはきっといい母親になるだろう。だが、そんなことを考えて自分を苦しめてもなんの意味もない。いつかケリーが家庭を持ったとき、その愛を惜しみなく与えるのは、僕ではなくほかの男の子供なのだから。

11

車がルカの家を離れると、ケリーの緊張はさらに高まった。一緒に働くつもりなら、ルカといい関係を築かなくてはならない。でも、二人は友人としてやっていけるだろうか？ ルカのハンサムな横顔をちらりと見ると、ケリーは心臓がとまりそうになった。彼に対する思いを友情という狭い枠の中に閉じこめておくのは容易なことではないだろう。

「ここに移ってきてすぐに見つけた小さな入り江があるから、そこへ行こうと思ってるんだ。あまり人が行かない場所にあるから、静かだしね」

ルカが一瞬、自分の方を見たので、ケリーはあわてて冷静な表情を作った。「いいわね。港のまわりはにぎやかすぎるもの。とくに週末は」

「たくさんのイタリア人がサルデーニャに別荘を持っていて、金曜日の夜、飛行機でこの島にやってくるんだ。それで週末は急に人が増える」

「観光客もたくさん訪れるわ。観光客が押しかけるようになって、この島もずいぶん変わったでしょうね」

「そうだろうな。僕がここに来てからでさえ、ずいぶん大きな変化があった」ルカはうなずきながら、車を細いわき道に乗り入れた。車が崖沿いの道を走りだすと、ケリーは眼下に目をやって息をのんだ。

「本当に？」シートの端をきつくつかみつつ、ケリーはなんとか会話を続けようとした。

「リラックスしてくれ、大丈夫だ」ルカはやさしくほほえんだ。「君やマッテオを危険な目にあわせるような場所に連れていったりはしないよ」

「私のことは気にしないで」ケリーはなんとか声の

震えを抑えようとした。だが、声が震えているのは怖いからではなく、ルカにほほえみかけられたからだった。彼は私の緊張をほぐすためにほほえんだのだろうか？　それとも、あの笑顔はまだ私に特別な感情を抱いている証拠だろうか？　そんな考えを振り払い、ケリーは早口で言った。「私、高いところが苦手なの。椅子の上に立っただけでもくらくらするのよ」

「知らなかった」ルカは狭い空き地に車を乗り入れてとめた。彼が心配そうに自分を見たので、ケリーはまたもや動揺した。

「話す機会もなかったから」彼女は軽い口調で言い、窓の外に視線をそらした。

もしまだ私に特別な感情を抱いているなら、なぜ必死に距離をおこうとするの？　ケリーはルカにそう尋ねたくてたまらなかったが、無理やり答えを求めるのは危険だとわかっていた。彼を追いつめたら、ますます一緒に働きづらくなり、私は仕事をやめなくてはならなくなる。医師ならだれもがつきたいと思うこの仕事をなぜやめたのか、次の就職先で説明しなければならない。そう思うと、ケリーは気が滅入った。それは私のキャリアにとって取り返しのつかない傷となるだろう。ルカと仕事の両方を再び失うなんて、とても耐えられない。

「ここでピクニックをするの？」すばやく話題を変え、ケリーは尋ねた。

「そうだ」

ありがたいことに、ルカもそれを受け入れてくれた。彼は車を降り、マッテオをチャイルドシートから下ろして外に立たせると、身をかがめた。

「この前ここに来たとき、パパが言ったことを覚えてるかい？　パパの手を放して走っていってはいけないよ。急な坂道になっているから」

「転んで、怪我をするからだね」マッテオはまじめくさった顔で答えた。

「そうだ。パパの言ったことを覚えていたんだね。いい子だ」

ルカが息子の髪をくしゃくしゃにするのを見て、ケリーは胸がいっぱいになった。彼はすばらしい父親だ。でも、そうなるのは昔からわかっていた。悲しみに胸を突かれ、ケリーは顔をそむけた。彼の子供は自分が産むのだと以前は信じていたが、そんなことを今さら考えてもどうしようもない。彼女は車の後部へまわり、荷物を下ろしはじめた。ルカが手伝いに来ると、彼女は無理やりほほえんだ。自分がどんなに打ちのめされているか、絶対に知られたくなかった。

「バスケットは僕が持つよ」ルカはそう言ってバスケットを持ちあげ、顔をしかめた。「まるで鉛が詰まっているみたいだ」

「帰りにこれを持って坂道をのぼらなくていいように、全部食べてしまいましょう」ケリーは笑ったが、その声は震えていた。

「大丈夫かい？」ルカはバスケットを地面に下ろし、心配そうにケリーを見た。

「平気よ」彼女は陽気な口調を装って答え、にっこりした。「今日は楽しみだわ。あなたのお得意のゲームで勝利をおさめるつもりだから」

ルカは眉をつりあげた。「僕の得意なゲーム？」、

「砂の城作りの名人だって、偉そうに言ってたじゃないの。覚悟なさい、ドクター・フェレーロ。思い知らせてあげるわ」

ルカは車のトランクを閉め、くすりと笑った。

「調子にのらないでくれ。僕と競争しようなんて十年早い。負けて泣きべそをかくなよ、ケリー」

「負けるですって？　私の辞書に負けるという言葉はないわ」さっきよりはずっと気が楽になり、ケリーは再びほほえんだ。過去のことを思い出すとつい

動揺してしまうけれど、いずれは冷静に対処できるようになるだろう。「絶対に勝つ自信があるから、賭(か)けてもいいわよ。負けたほうが夕食をごちそうするというのはどう?」

「ただで食べられる食事は断らない主義なんだ」

ケリーは片手を差し出した。「それじゃあ、これで決まりね」

「いいとも。君が苦労して稼いだ金を巻きあげるのは気が引けるがね」

ルカは笑い、ケリーの手を握った。彼女も笑い返したが、激しい胸の鼓動が彼に聞こえないことを願っていた。ケリーは荷物を持ち、小道を下りはじめた。彼女のあとを歩いてくるマッテオがなにか言い、ルカがそれに答える低い声が聞こえた。ケリーの目に涙がこみあげた。知らない人が見れば、ふつうの家族がピクニックを楽しんでいるように見えるだろう。でも、それは間違いだ。ケリーはこの家族の一員ではないし、これからもそうなることはない。父親の心にも、息子の心にも、彼女の入りこむ余地はないのだ。

「シャベルでバケツの底をたたいてごらんなさい……そう、それでいいわ」

マッテオが力いっぱいバケツをたたくのを見て、ルカは笑った。初めはぎこちなかったけれど、時間がたつにつれてルカとケリーは打ちとけていった。ケリーはどんな遊びにも加わったが、ルカは彼女の笑いの裏に悲しみがあるのを感じ取っていた。マッテオがバケツを裏返すのを手伝うケリーを見て、彼はため息をついた。自分のせいでケリーが悲しい思いをしていると考えると気が重いが、どうすることもできない。ケリーにあれこれ理由を尋ねたら、友人としての一線を越えてしまうだろう。

「見て、パパ」

マッテオの甲高い声でルカは我に返り、息子の作った砂のパイを見てにっこりした。「すごいな、マッテオ。そんなにすばらしいパイは見たことがないよ」

　ルカは喜ぶマッテオを抱き締めた。こういうとき、ソフィアが生きていればよかったのにと強く思う。彼女の愛する息子がここまで成長したのを見せてやりたかった。あれほどのつらさに耐えたのに、この喜びを味わえなかったなんて本当に残酷な話だ。

　激しい感情がこみあげてきたが、ルカはそれを抑えこんだ。今日だけは感情的になってはいけない。ケリーがそばにいるだけで、すでに自分を抑えるのに苦労しているのだから。ルカはできるだけ明るい雰囲気を保とうと決心し、ケリーの方を見てほほえんだ。「昼食のあと、城作りの競争をしないか？　マッテオはそのころ昼寝をするからちょうどいい。君にまだその気があればの話だが」

「まあ、私は怯んでなんかいないわよ」ケリーは笑顔できっぱりと言った。それから立ちあがって両手の砂を払った。「昼食の支度をしてくるわ」

　ルカはバスケットに近づいていくケリーを見送った。海辺に着くとすぐに、彼女はジーンズとTシャツを脱ぎ、黒い水着姿になっていた。控えめなワンピース型の水着だったが、彼女を見つめてしまわないようにするのは大変だった。今もケリーのほっそりした体のラインを見ているだけで全身がこわばり、ルカはあわてて立ちあがった。なにか気をまぎらわしてくれるものが必要だが、それには息子が一番だ。

「昼食の前に、もう一度海に入ってこようか？」ルカは手を伸ばして誘った。

「うん！」マッテオは喜んでルカの手を握ったが、ケリーが一緒でないことに気づき、ためらった。

「ケリーは行かないの？」

「今は来るかどうかわからないな」ルカは答え、ケリーの方を向いて叫んだ。「マッテオが君も一緒に泳がないかと言っているんだが」

「今はやめておくわ」ケリーはほほえんで答えた。「二人が海に入っている間に、昼食の支度をしておくわね」

ルカはマッテオを海の中に連れていった。しばらくは一緒に水をはねかして遊んでいたが、息子がうわの空なのは明らかだった。水から上がると、マッテオはさっさとケリーのところへ行ってしまった。息子のあとをついていきながら、ルカはため息をついた。どうやらケリーは僕だけでなくマッテオにまで魔法をかけたらしい。彼女がここを去ったあと、マッテオが傷つかないことを祈るしかない。

だが、今はそんなことを心配してもしかたがない。ルカはタオルで体をふき、敷物の端に腰を下ろした。「どれから食べようか」たくさんの料理を見て、ルカはつぶやいた。ハーブ風味のフライドチキン、薄切りのハム、ボッタルガというぼらのからすみ、パナダスという肉と野菜の入ったパイ、それに蜂蜜のかかったチーズペストリー、セバダス……。

「悩んでないで、端から食べていったほうがいいわ」ケリーは言い、パナダスを一つ取ると、半分に割ってマッテオに差し出した。「半分いかが？」

男の子はうれしそうにうなずき、パイを受け取った。ケリーは彼が食べるのを手伝い、顎についたパイのかけらを払ってやった。あまりにも自然な二人のようすを見てルカは胸が締めつけられ、自分も急いで食べ物を口に詰めこんだ。ケリーがどんなにいい母親になるかなんて考えず、もっと重要なことに意識を集中しなくては。なにより重要なのは、ケリーが自分の夢を実現することだ。

三十分後、三人は満腹になった。ケリーは残った食べ物をバスケットに戻し、その間にルカはマッテオを寝かしつけた。やがてルカが戻ってくると、ケリーはほほえんだ。

「早かったわね。よほど疲れていたんでしょう」

「そうだな」またもや胸が苦しくなり、ルカは深く息を吸いこんだ。「マッテオはいつも小一時間ほど昼寝をするから、その間に砂で城を作る競争をしよう。もしまだ君にやる気があるなら」

「もちろん、あるわ」ケリーは真っ赤なバケツとシャベルを取りあげた。「夕食をおごるのがいやになって逃げようとしても、そうはいかないわよ」

ルカも笑いながらシャベルを手に取った。「勝ってから言うんだな」

二人はそれぞれ波打ち際の好きな場所を選び、砂の城作りにとりかかった。ルカは手際よく作業を進めていった。大学時代、彼は奨学金の不足分を補うため、イタリアの有名なリゾート地でウエーターのアルバイトをしていた。稼いだ金はいっさいむだにしたくなかったので、休憩時間はいつも海辺で過ごした。それで砂でいろいろなものを作るのがうまくなったのだ。しばらくして城ができあがると、ルカは両手の砂を払ってケリーの方に視線を向け、にやりとした。彼女の城はすでに片側に傾きかけていた。

「今にも崩れそうだな」ルカはからかった。

「そんなことないわ！」言い返したとたん、城の壁が一箇所崩れ落ち、ケリーはうめいた。

ルカはこらえきれずに噴き出した。「僕の勝ちのようだな」にんまりして、彼は言った。

「ルカ、わかってるのよ、あなたのことだからわざとじゃまをしたんでしょう」ケリーは言い、残った部分を足で蹴(け)った。

「あきらめが悪いぞ」ルカは諭した。「だから言っただろう、僕は砂の城作りの名人だって」

「ええ、そうね。いつでも自分が正しいと思うのは、さぞかし気分がいいものでしょうよ」

「そうだといいんだが、僕もだれかさんと同じで、しょっちゅう間違いをしでかすんだ」なぜこんなことを言ってしまったのか、ルカは自分でもわからなかった。ケリーにじっと見つめられ、彼は体がこわばるのを感じた。

「これまでにどんな間違いをしでかしたの？」ケリーが張りつめた声で尋ねた。

「たくさんありすぎて忘れたよ」

ルカはかすかにほほえみ、胸の痛みを覚えながらシャベルを拾った。ケリーを手放したことは彼がこれまでに犯した一番大きな間違いは、ケリーを手放したことだった。だが、そんなことを言えば、ソフィアとマッテオに関する秘密も話さなくてはならなくなる。ルカはマッテオの出生の秘密をだれにも明かすまいと誓っていた。その誓いを破ることはできない。

「だれでも間違いを犯すことはあるわ、ルカ。でも、本気で償いたければ、そうすることもできる」

ルカは息をのんだ。ケリーがなにを言っているのか、彼にはよくわかった。あなたも自分が犯した間違いを償うことができると、彼女は言っているのだ。ケリーが自分を許そうとしていると知り、ルカは心を動かされた。

「歴史を書き直すことはできない」ルカは誘惑に負けないよう、冷たく言った。真実を話せば自分の誓いを破ることになるだけでなく、さらに深刻な事態を引き起こしてしまう。ケリーのキャリアを守るためには、決して二人の間の距離を縮めてはならない。

「私はそんなことを言ってるんじゃないわ」ケリーはふいにルカの前に立った。その瞳には懇願するような色が浮かんでいた。彼女がルカの腕に手をかけたので、彼はぴたりと動きをとめた。このままではいけないと思いつつ、体が動かなかった。彼が黙って立ち尽くしていると、ケリーは緊張した口調で続けた。「だれも過去を書き直すべきではない。なぜなら、今の私たちがあるのは過去のおかげだからよ。

あなたにとってはソフィアが人生の大きな部分を占めている——それはわかってるわ、ルカ」

突然、ルカの中に理性がよみがえった。僕はもう十分、ケリーを傷つけた。和解しようとする彼女の試みを拒絶し、これ以上事態を悪化させる必要はないだろう。「この話はしないほうがいいと思う」彼は冷静に言った。

「あなたの言うとおりなのはわかってる。でも、私は自分の気持ちを抑えられない。ルカ……あなたは抑えられるの？」

ケリーの瞳には涙が浮かんでいた。それに気づいた瞬間、ルカは我を失った。彼は腕を伸ばし、ケリーを抱き寄せた。自分の胸に彼女の鼓動を感じると、苦しみが消えていく気がした。彼女のいない人生はあまりにもむなしかった。毎日たくさんの人に囲まれていても、いつも孤独だった。だが、ケリーがそばにいれば、ほかにはだれも必要なかった。ルカにはただケリーが必要だった。彼女は彼の過去の傷を癒してくれるだけでなく、未来を幸せで満たしてくれる。

そう思うと、ケリーを求める激情が理性を圧倒した。ルカはケリーに荒々しくキスをして、彼女も同じくらい情熱的にそれに応えた。二人は貪欲に唇を重ね、求め合った。キスが終わっても、二人は二度と離れたくないというように抱き合っていた。ルカはありったけの意志の力をかき集めてなんとかケリーから体を離したが、彼女の瞳に浮かぶ欲望の色を見て、心が揺さぶられた。

僕がケリーを求めるのと同じくらい強く、彼女も僕を求めている。だったらなぜ僕は、二人がこんなにも切望しているものを否定するのだろう？　ケリーに本当の気持ちを話せば、今も昔も同じように彼女を愛していると伝えれば、二人はこれからの人生を一緒に過ごせるかもしれない……。

「パパ！」

甲高い子供の声が、突然、ルカを現実に引き戻した。彼は急いでその場を離れ、マッテオを抱きあげた。ケリーがあとからついてきたのはわかっていたが、振り返らなかった。そのかわりルカは自分の息子に、彼が責任を負うべき存在に、自分の未来に、意識を集中させた。

涙がこみあげてきたが、泣くつもりはなかった。最後に泣いたのは母親に施設に置き去りにされたときで、それ以来、ルカは一滴の涙も流していなかった。涙はなんの役にも立たないことを、彼は学んでいた。涙は事態を好転させることもないし、苦痛をやわらげてもくれない。

ルカは呼吸を整えてから、ケリーの方に向き直った。彼女は青ざめた顔をしていたが、なんとか落ち着きを取り戻したようだったので、ルカはほっとした。「あんなことをするべきではなかった。すまなかった」

「私も謝るわ。越えてはならない一線を越えてしまった。でも、二度とあんなことは起きないわ」

ケリーはそれだけ言うと、敷物をたたみはじめた。ルカはなんとかこの場をとりつくろう言葉をさがしたが、なにも見つからなかった。二人はさっきのキスで友人としての境界線を越えてしまった。もうあと戻りはできない。

再び涙がこみあげてきたが、ルカはこらえた。男だったら、黙って苦しみに耐えろ。どのくらいの期間になるかはわからないが、ケリーがサルデーニャにいる間、僕はこの言葉を呪文のように繰り返すだろう。ただ、彼女が去ったあとどうなるかは考えたくない。いつか訪れる孤独な将来に目を向けるのは、あまりにもつらすぎる。

12

「アレッサンドロは昼食後に退院できるわ。ご両親に連絡をとって、そう伝えてもらえる?」

月曜日の朝、ケリーはその日に退院させる子供を看護師に伝えていた。彼女はまず最初にアレッサンドロ・アレッシの名前をあげた。ほかにも三名、退院できる子供がいたので、間違いのないように病棟の看護師に名前を書き留めさせてから、医局に戻った。退院に必要な書類を書きおえたら、週に一度のチーム・ミーティングがある。本音を言えば、それには出席したくなかった。なぜ私はあんなふうにルカに身を投げ出してしまったのだろう? その考えがどうしても頭を離れなかった。

ケリーは唇を固く結び、机の前に腰を下ろした。土曜日、家に着いて以来ずっと、海辺で起きたことについてくよくよ考えていたが、なにも得るものはなかった。ただ、自分がばかなことをしでかし、今、その結果に苦しんでいるという事実があるだけだった。ケリーは急いで退院許可証を書き、それぞれの子供のかかりつけ医宛の手紙をプリントアウトした。ちょうどそれが終わったとき、ドアをノックする音がした。顔を上げると、ロビンソン夫妻が戸口に立っていた。

「こんにちは。なにかご用でしょうか?」ケリーは立ちあがり、声をかけた。

「クロエは何時に退院できるのか、おききしたくて」ミセス・ロビンソンが言った。「看護師さんがほかのお子さんのご両親に、昼食後に退院できると話しているのが聞こえたんです。でも、クロエのことはどなたもなにも言ってくださらないので」

「ドクター・フェレーロは、まだ娘さんの退院を許可されていないはずですよ」ケリーは答え、キャビネットに近づいていった。クロエが今日、退院するという話は聞いていない。ルカはもう退院しても大丈夫だと判断したのだろうか？　クロエのファイルを取り出すと、ケリーは症例記録を確認した。

　腎機能検査の結果は、クロエの血液中の尿素とクレアチニンの値が非常に高いことを示している。ふつうその二つの物質は腎臓の働きによって体外に排出される。つまり、クロエの腎臓は正常に機能していないということだ。同時に、クレアチニンクリアランス検査もおこなわれていた。この検査は二十四時間かけて血液中のクレアチニン値と尿の中のクレアチニン値を比較するものだ。この検査でも、クロエの腎臓は正常に働いていないことを示していた。

　ケリーはファイルを机の上に置き、両親に椅子を勧めた。「なぜ娘さんが今日退院できると思われたのかわかりませんが、残念ながらそれは事実ではありません。先週末におこなわれた検査の結果を見ても、娘さんの腎臓はまだ治療が必要です。今の状態で彼女を病院から出すのは非常に危険です」

「でも、クロエはもう大丈夫だから今日退院できると言われたんです」ミスター・ロビンソンはいらだたしげに抗議した。

　ケリーは憂鬱になった。医師によって言うことが違うというのは、親にとって一番困ることだろう。

「どうしてこんなことになったのかはわかりませんが、なにか手違いがあったようです。娘さんは腎臓が正常に機能するようになるまで、ここにいなくてはなりません」

「まったく不愉快だ」ジョン・ロビンソンはケリーをにらみつけた。「退院していいと言われたから、飛行機も予約したんです。それなのに、またキャンセルしなくてはならない」

「本当に申し訳ありませんでした」ケリーは謝った。「明らかに手違いがあったようです。とにかく、娘さんは今日はまだ退院できません」

「だったら、クロエはいつになったら退院できるくらい元気になるんですか?」ウエンディ・ロビンソンがきつい口調で尋ねた。

「それはまだなんとも言えません。私に言えるのは、娘さんが退院できるようになったらすぐにお知らせするということだけです」

いかにも不機嫌そうに部屋を出ていくロビンソン夫妻を見て、それも当然だとケリーは思った。もう一度クロエの記録を読み直してみたが、だれが退院の許可を出したかは書かれていなかった。

ケリーは書類を片づけると、ミーティングが始まる前にコーヒーを一杯飲もうとスタッフルームへ行った。そこにはカルロがいたので今の出来事を話すと、彼も困惑していた。先週末、彼は当直だったが、クロエに退院許可など出していないという。

「レティツィアはどうかしら?」ケリーは言ってみた。「彼女も先週末は当直だったから、クロエのご両親に今日、退院できると言ったのかもしれないわ」

「やりかねないな」カルロはため息をついた。「彼女はものすごい自信家だから」

「あなたから確かめてもらえない?」ケリーは顔をしかめた。「私がきいたら、大騒ぎになるでしょう。彼女と私はどうも相性が悪いようだから」

「レティツィアは君のほうが自分よりもずっと優秀だとわかっているのさ」カルロはケリーに向かってほほえんだ。「彼女はいつでもトップに立たないと気がすまないタイプだ。近いうちに昇進のチャンスがあるとなれば、なおさらだよ」

「昇進?」ケリーは驚いて尋ねた。「そんな話は初めて聞いたけど」

「僕も金曜日に聞いたばかりなんだが、理事会は僕たちのチームにもう一人、上級研修医をおくことを認めたらしい。がんばれば、君にもチャンスがあるよ、ケリー」

カルロがコーヒーのおかわりをつぎに行ってしまうと、ケリーは眉をひそめた。理事会が上級研修医をもう一人増やそうと考えているなんて、思ってもみなかった。一瞬、彼女は自分がそのポストを与えられたらと想像をふくらませた。それは夢の実現への大きな一歩になるだろう。

しかし、そんな可能性はないと悟り、ため息をついた。そのポストにつくのは、もっと経験が豊富で、ここでの仕事を長く続ける医師だろう。土曜日にあんなことがあったあとでは、ケリーがこの地にとどまる可能性はますます低くなっていた。

チーム・ミーティングが開かれる自分のオフィスに向かいながら、ルカの中で緊張感が高まっていた。今日は外来の診察があったので、今までケリーと顔を合わせずにすんだ。しかし、もう彼女に会うのを避けられない。とにかく自分の感情をしっかりコントロールしなくてはならないが、海辺でのあんな出来事のあとではそう簡単にはいかないだろう。

またもや同じ光景が頭に浮かんでしまい、ルカはうめき声をもらした。週末の間、ケリーを抱き締めたときの記憶が何度も頭によみがえった。甘く情熱的な彼女の反応を思い出すのは、まるで拷問のようだった。だが、そんなことに影響されてはならない。おそらくケリーは今も僕に特別な感情を抱いているのだろう。しかし、僕が与えてしまうかもしれないダメージを考えたら、ケリーをもう一度取り戻したいという欲望に屈することなどできない。

ルカがオフィスに着いたときは、すでに全員が集まっていた。すべての分野のスタッフが集まるミーティングなので、部屋は人でいっぱいだ。医師だけでなく、栄養士、レントゲン技師、それに、理学療法士も出席している。ふだん彼はこの会議を楽しみにしていた。子供たちの病状をさまざまな視点から検討するため、メンバーはそれぞれ重要な役目を果たす。しかし、今日はミーティングを早めに切りあげるつもりだった。ケリーのそばで過ごす時間をできるだけ短くしたかった。

「最初はステファノとセバスティアーノ・ビアンキについてだ」ルカはいつものような前置きは抜きにして、さっそく本題に入った。「もう理学療法は始まったのかい？」

理学療法士は双子の兄弟が治療にいい反応を示していると説明した。肺の中の細気道についていた粘液を取り除いたので、男の子たちは楽に呼吸ができるようになっていた。

ルカはうなずいた。「よかった。水曜日に再検討しよう。この調子で回復すれば、水曜日に退院を許可できるだろう。彼らの症例記録にそう書いておいてくれ、ドクター・カーライアン」

ルカはたまたま近くの椅子に座っていたケリーにファイルを渡した。そして次のファイルを手に取り、ぼんやりと見つめた。ケリーは一言もしゃべっていないのに、彼女を意識してルカの動作はぎこちなかった。ふいに彼女と抱き合ったときのイメージが頭に浮かび、彼はうめき声をもらしそうになった。こんな状態でどうやって仕事ができるだろうか？

「それはイラリアの症例記録ですか？」カルロが机の向こう側から声をかけてくれた。

ルカはやっと内容に集中し、うなずいた。「ああ。頼んでおいた検査の結果は出ているかい？」

「腰椎穿刺の検査結果は金曜日の夕方に戻ってきました」ケリーが静かに告げた。「髄液の中には芽細胞が含まれていました」

「骨髄生検の日にちは決まっているのかい？」ルカはそっけなく尋ねた。感情を抑えこんでおくためにはそうするしかなかった。

「腫瘍科の返事を待っているところです」ケリーは説明した。

「だったら、連絡をとって催促してくれ。ぐずぐずしている暇はない。この症例はただちに手を打つ必要がある」

ルカはまたファイルをケリーに渡したが、今回は彼女の顔を見るという過ちを犯した。傷ついたようなケリーの瞳を見て、ルカの胸は痛んだ。彼女に厳しい態度をとりすぎているのはわかっている。だが、激しく渦巻く感情に負けてしまったら、自分を抑えられなくなり、彼女に愛していると告げてしまうだろう。それだけは避けなくてはならない。

ようやくミーティングが終わると、ルカは外来の診察があったので、すぐに診察室へ向かった。相変わらず患者は多かったが、かえってありがたかった。患者の問題に没頭していれば、自分のことを考えなくてすむ。診察が終わると昼になっていた。しかし、ケリーに会うかもしれないので、食堂へ行くのはやめた。やっと取り戻した平静をまた失いたくなかった。

ルカはカフェでコーヒーを買い、庭に出た。あちこちにベンチが置いてあるので、静かな場所を選んで腰を下ろした。コーヒーを一口飲んだところで、足音が近づいてくるのが聞こえた。顔を上げると、ケリーの姿が目に飛びこんできた。

ルカがベンチに座っているのに気づいたケリーが足をとめた。その顔から血の気が引いていった。彼女は逃げ出そうとしている。なんとかしなくてはと、ルカは思った。一緒に働くなら、いつまでもこんなふうにお互いを避けているわけにはいかない。

「逃げないでくれ」ルカは急いで言い、立ちあがった。

「私……じゃまをしたくないの」ケリーは静かに答えた。

「じゃまなんかじゃない」ルカはため息をついた。「土曜日のことで君が気まずい思いをしているのはわかるよ、ケリー。僕もそうだから。でも、一緒に働くつもりなら、この気まずさを乗り越えなくてはならない」

「あなたは今でも、私たちが一緒に働けると本当に思ってるの？」

「わからない。だが、君にその気があるなら、僕はもう一度やってみるつもりだ」ルカは大きく息を吸いこんだ。とにかく言うべきことを言わなくてはならない。「僕は君をとても大切に思っている。だから君を傷つけたくない。それに、ここでの仕事が君にとってどんなに重要かもわかっているから、僕のせいで君がこの仕事をあきらめるのはいやなんだ」

「私もあきらめたくないわ。でも、それが一番いいのよ」ケリーは言い、声をつまらせた。「私もあなたを傷つけたくないわ、ルカ。でも、もし私がここにとどまれば、最後にはきっとお互いを傷つけることになる。そうでしょう？」

「ああ。だから僕たちは、この状況を二人にとってできるだけ気楽なものにするしかない」

「友達としてやっていこうと提案したときも、あなたはそう言ったわ。でも、うまくいかなかった」

「だったら、ほかの手段を見つけるしかない」

「どういうこと？」ケリーはゆっくりと尋ねた。

ルカの鼓動が激しくなった。僕は人生で最大の過ちを犯そうとしているのかもしれない。だが、ほかに方法があるだろうか？　この問題が解決できなければ、ケリーはここでの仕事をあきらめてしまうだろう。

「君も、もちろん僕も、友情では満足できないということだ」ルカはケリーに向かって一歩、近づいた。なんとしても僕の計画を彼女に認めてもらわなくては。以前はこれでうまくいったのだから、再びそうできないはずはない。

ルカはケリーの両手をつかんだ。すると彼女の体に震えが走るのがわかった。

「僕は君に友情以上のものを求めているんだ、ケリー。そして、君も同じ気持ちだと思う」

「どういう意味かわからないわ」ケリーは鋭い口調で言った。

「いや、わかっているはずだ」ルカが穏やかに言うと、青白かったケリーの顔に赤みが差した。「昔、僕たちは同僚であり、同時に恋人だった。それでうまくいっていた。今回もそうできるはずだ」

13

ケリーは突然、地面が傾いた気がしたが、ルカがしっかりと支えてくれた。彼女は促されるまま、ベンチに腰を下ろした。言葉が出ないから抗議することもできなかったが、大混乱に陥った頭の中でも、一つだけはっきりしていることがあった。ルカは恋人として付き合おうと言っているのだ。

「信じられない！」ケリーは叫んだ。「そんなばかげた話は聞いたことがないわ」

「なぜだい？」ルカの瞳に浮かぶ確信の光を見て、ケリーの体は震えた。「あのころ、僕たちはうまくいっていた。それは君も否定しないだろう？」

「ええ。でも、あのころと今は違う。私たちの間にはあまりにもいろいろなことがあったわ」ケリーは感情をあらわにして言った。

「わかってるよ、いとしい人(カーラ)」ルカの手がケリーの顎を包んだ。彼の目はとてもやさしく、ケリーは涙がこみあげるのを感じた。「だが、僕が君と一緒にいたいという事実は変えられない」

「こんな話はやめて、ルカ」ケリーは顔をそむけ、ルカの手から逃れた。

「もしやめたら、どうなる？　もっと厄介な状況になり、結局、君はここにいられなくなる」ルカは厳しい口調で続けた。「僕は君がキャリアをだいなしにするのを見たくないんだ、ケリー。だが、君がこの病院との契約を破棄すれば、そうなってしまう。正当な理由もなく急にここをやめたら次の就職先でどう思われるか、君もよくわかっているはずだ。トップにのぼりつめたければ、仕事に打ちこんでいる姿を見せなくてはならない」

「それで、仕事への熱心さを見せるために、あなたと付き合えというの？」ケリーは軽蔑(けいべつ)するように笑った。「上司が昇進と引き換えにベッドをともにしろと言うなんて、映画の中だけの話だと思っていたけど、私は世間知らずだったみたいね」

「僕が言っているのはそんなことではないとわかっているはずだ。昇進のチャンスを与えるからベッドをともにしろなんて、僕は言っていないよ」

「はっきり言ってはいないけど、同じことだわ」

なんとか怒りを駆りたて、ケリーはルカをにらみつけた。さもないと彼の申し出を受け入れてしまいそうで怖かった。ルカと再び付き合えば、苦しみはいくらか癒(いや)されるかもしれない。でも、それは一時的な慰めだ。私がサルデーニャを去れば、二人の関係も終わる。二度もルカを失う苦しみには、とても耐えられそうにない。

「まったく違うよ。じっくり考えてみれば、君もわかるはずだ」ルカは立ちあがり、傲慢にケリーを見おろした。「僕たちが仕事中に直面している問題は、僕たちの感情に原因がある。僕は君を求めている。そして、君も僕を求めている。結論を出すときは、その事実を忘れないでくれ」

「もう結論は出ているわ」ケリーはきっぱりと言い、立ちあがった。「私はあなたと付き合う気はないわ、ルカ。今も、これからも」

ケリーはルカを押しのけ、走って病院の中へ戻った。まっすぐ化粧室へ行き、冷たい水で顔を洗ったが、体の中で荒れ狂う興奮はおさまらなかった。

ペーパータオルを手に取って顔をふくと、彼女は鏡に映った自分の顔を見つめた。さっきのルカの提案は、本当にばかげたことだろうか？　それとも、彼の言うことは正しいのだろうか？　今の状況で一番つらいのは、いつも自分の気持ちと闘わなくてはならないことだ。ルカと付き合うことでその必要がなくなれば、仕事にも集中できるだろう。

もちろん、それはプラスの面だ。ケリーはため息をついた。マイナスの影響は、サルデーニャを去ったあとに出てくるだろう。二人の関係は便宜上のものであって、永遠に続くわけではない。ルカはそうはっきり示した。彼は私に対する気持ちを簡単に断ち切る自信があるのだろうが、私には無理だ。自分がルカを求めない日がくるなんて、とても思えない。

ルカは気がつくと午後じゅう、時計を見ていた。ケリーはもう一度恋人として付き合おうという彼の申し出を拒否した。ルカはそれが二人の問題の解決策だとわかってほしかったが、午後四時になるころには、ケリーにわかってもらうのは無理だとあきらめかけていた。

午後の回診のため、ルカは病棟に向かった。まず最初にケリーの姿が目に入り、ルカの心臓が飛びあがりそうになった。看護師と話をしていた彼女は、ルカを見て頬を赤らめた。

ルカは唇を引き結び、最初の患者のベッドに近づいた。どうやら僕は事態をさらに悪化させてしまったらしい。ケリーがすぐにここを去る決心をするかもしれないと思うとひどい気分になり、ルカは看護師に渡された症例記録になかなか集中できなかった。

患者は十二歳のパオロ・ロッシで、二カ月前に糖尿病と診断されていた。インシュリンの投与を受けてからだいぶよくなっていたが、今週に入ってウイルスに感染してしまい、吐き気に苦しんでいる。それでインシュリンの投与量を調整する必要が出てきて、今回の入院となった。

ルカは少年にほほえみかけた。「君はなぜ自分がここにいるかわかっているね、パオロ？」

「はい」少年はため息をついた。「注射するインシュリンの量を変えなくてはならないんでしょう？」

「そうなんだ。君が気分が悪くなって吐くと、体内で作られるぶどう糖と投与する必要のあるインシュリンの量のバランスが崩れてしまう。大変だろうが、君が元気で過ごせるように、インシュリンの量を調節しなくてはならない」

「こんな変な病気になりたくなかったな」パオロはつぶやいた。「僕の友達には、毎日注射をしなくてはならない子なんて一人もいないよ。みんな好きなものを食べて、やりたいことをやってるのに」

「君が不満なのはよくわかる。でも、血糖値にさえ気をつけていれば、君も好きなことをしていいんだ」ルカは少年をなだめながら、数値を確認した。「だいぶ落ち着いてきたようだね。明日の朝の血糖値が正常だったら、昼食後に退院していいよ」

そのあとの回診は順調に終わり、ルカは珍しく定時に帰宅できそうだった。しかし、家に帰ろうと車に乗りこんだときも、ケリーがまだ彼と口をきこうとしなかったことを考えていた。ルカはため息をつき、車のエンジンをかけた。ケリーが彼の提案を拒否した気持ちはわかるが、それでも彼は、自分の提案ならうまくいくと信じていた。ただケリーが、その提案のせいで性急にここを去るような結論を出さないことを願っていた。

仕事が終わると、ケリーはまっすぐ宿舎に戻った。今日は一日、なにも食べていないが、とても食事の支度をする気になれない。ルカの提案にどう答えよう？　そんな話は論外だと答えるべきだろうか？あるいは、じっくり考えてみるべきだろうか？　もしかしたら彼の言うとおりで、二人が付き合うことによって状況はよくなるかもしれない。

確信が持てず、ケリーは部屋の中を歩きまわった。どんな結論を出しても、悪い影響はあるだろう。だとしたら、少しでもむずかしい問題を避けられる選択肢を選ばなくてはならない。だが、どんなに必死に考えても、一人で決断を下すのは不可能だった。その前にルカに会って、彼の提案について詳しい話を聞く必要がある。

バッグをつかむと、ケリーは部屋を出た。ルカの家に着いたとき、太陽は丘の向こうに沈もうとしていた。彼女はしばらく立ちどまり、勇気を奮い起こしてから呼び鈴を鳴らした。マリアが出てきて彼女を居間に案内したあと、ルカを呼びに行った。

ケリーは窓辺に近づいた。緊張のあまり胃が引きつっていたが、ルカの言うことが正しいかどうか、どうしても確かめる必要があった。このままでは二人はやっていけないのははっきりしている。もし彼の提案を受け入れないなら、私はここを去るしかない。たとえキャリアにどんな傷がつくとしても。

「こんばんは（ボナセーラ）、ケリー」

ふいに隣にルカが現れた。鼓動が速くなってパニックに陥り、ケリーはなにも言えなくなった。

「もう夕食はとったかい？　呼び鈴が鳴ったとき、僕たちはちょうど食事を始めたところだったんだ。君も一緒にどうだい？」

「私……おじゃまはしたくないわ」ケリーはとぎれとぎれに言った。

「じゃまなんかじゃないさ」ルカがやさしくほほえんだので、ケリーは少し落ち着きを取り戻した。

「マッテオは大喜びするよ。週末の間、ずっと君のことばかり話してたんだ。さあ、こっちへどうぞ」

ケリーが迷う間もなく、ルカは彼女を促して居間を出た。そして、廊下の反対側にあるドアを開け、彼女を庭に連れ出した。ケリーは立ちどまり、感激したようにあたりを見まわした。色とりどりの花の咲く花壇とエメラルド色の芝生の向こうには、背の高い糸杉が美しい背景をなしている。庭にはプールがあり、周囲にはマッテオが落ちないように鉄製の柵がついている。こんなに美しい庭は見たことがない。ケリーは喜びを隠しきれずにルカを振り返った。

「本当にすばらしい庭ね。住んでいて楽しいでしょう」

「ああ。自分でもこんな美しい家に住めるとは思ってもみなかった。僕は本当に運がよかったよ」

ルカの控えめな言葉を聞き、ケリーはほほえんだ。

「運がよかったんじゃないわ、ルカ。あなたは一生懸命働いて、この家を手に入れた。当然のことよ」

「ありがとう」

ルカのやさしい目を見て、ケリーの鼓動が再び不規則になった。ふいに二年前に戻った気がした。あのころの二人はすばらしい関係を築いていた。もしかしたら、もう一度それを取り戻せるかもしれない。

ケリーの中に興奮がこみあげた。テーブルの用意が整ったパティオに向かいながら、ルカも彼女の気持ちを感じ取ったようだった。マッテオがケリーを見て、喜びの声をあげた。ケリーは笑って身をかがめ、男の子にキスをした。

「そんなに喜んでもらえてうれしいわ」

「座ってくれ」ルカはケリーのために椅子を引き、グラスにワインをついでくれた。彼は完璧な主人役を演じていたが、早く食事を終わらせてケリーが訪ねてきた理由をききたいと思っているのは明らかだった。パーネ・カラサウという薄くぱりぱりしたパンをオリーブオイルにひたしながら、ケリーの手は震えていた。これからどうするつもりなのか、自分でもわからなかったからだ。

「もうこのパンなしでは生きていけないわ」なんとか当たりさわりのない話題をさがし、ケリーは言った。「とてもおいしいもの」

ルカはほほえんだ。「だんだん本物のサルデーニャ人らしくなってきたね」

「この髪の色ではだめでしょう」

「そんなことないさ。ティツィアーノの絵のモデルは、君みたいな髪の色をしているよ」

ルカの言葉には好意的な響きがあり、ケリーの体に震えが走った。今この瞬間、彼が私に魅力を感じているのは間違いない。でも、ルカは一度も私を愛していると言っていない。彼と付き合うとしても、そのことを忘れないようにしなくては。起こるはずのないことを期待してはならない。

ルカは必死に感情を抑えこんでいたが、それは容易なことではなかった。ケリーがどうするつもりかまだわからず、緊張して頭がどうかなってしまいそうだった。彼はマッテオを幼児用椅子から抱きあげ、なんとか自然にふるまおうとした。

「パパたちの食事が終わるまで、おもちゃで遊んでいなさい」ルカは息子を芝生の上に下ろし、マッテオがおもちゃに向かって走っていくのを見送ってから再び椅子に座った。そして、激しい鼓動を抑え、ケリーの方に向き直った。自分の計画がうまくいくとケリーを説得したいなら、冷静さを保たなくてはならない。「コーヒーをどうだい？」

「いいえ、結構よ。これでいいわ」ケリーはワインを一口飲み、グラスを注意深くテーブルに置いた。

「あなたの提案がうまくいくかどうか、ずっと考えていたの」

「それで、結論は？」ルカはできるだけ穏やかに尋ねた。

「まだ出てないわ」ケリーは肩をすくめた。「あまりにもばかげた話よ。職場でうまくやっていくために、恋人として付き合うだなんて」

「そんなに冷たい話ではないよ」ルカは静かに言った。「僕は仕事のためだけに君と付き合いたいわけじゃないんだ、ケリー。それ以上の理由がある」

「そうなの？」ケリーはまた肩をすくめたが、彼女が見た目ほどリラックスしていないのは明らかだった。「さっきはそんなふうには聞こえなかったけど」

「そうだろうね」ルカはため息をついた。「僕はとんでもないへまをしてしまった。どうかしていると思われてもしかたがない」

「だったら、もう一度説明して」ケリーは身を乗り出した。その瞳には差しせまった色が浮かんでいた。「自分がどんなことに巻きこまれることになるのか、きちんと知りたいの。結局は、以前、別れたときのような気持ちになるなんていやなのよ」

「僕もそうさ」ケリーの苦しげな声に罪悪感を覚え、ルカは彼女の手をしっかりと握った。「あんなふうに君を傷つけるつもりはなかったんだ」

「昔のことはもう乗り越えたわ。重要なのは今よ。私たちがかかえているこの問題をどうするかということだわ」

ケリーはきっぱりと言ったが、ルカは自分の裏切りのせいで彼女がいまだに傷ついていることを思い知らされ、いっそうひどい気分になった。僕にできるのは彼女が気楽に働ける環境を作ってやることだけだと、彼は思った。

「君の言うとおり、僕たちは当面の問題を考えなくてはならない。僕が一番心配しているのは、今の状況が君のキャリアに悪い影響を及ぼすことなんだ。君は優秀な医師だ、ケリー。このまま仕事に集中すれば、トップまでのぼりつめられる」

「最近は、仕事に集中するのがとてもむずかしくなっているの」ケリーはルカの目をまっすぐ見つめた。「正直言って、あなたのそばにいるのがつらいのよ、ルカ。友人としてならうまくやっていけると思ったけど、それでは十分ではなかった。そうでしょう？私たちはまだお互いに惹かれ合っている。だからあなたの言うとおり、いったん感情を解き放って相手に対する気持ちを完全に自分の中から消し去れれば、二人とも前に進めるかもしれない」

正確には自分が提案したこととは違っていたが、ルカはあえて訂正しなかった。「うまくいくとわかってもらえてうれしいよ」

「二人がルールをわきまえている限りは、うまくいくと思うわ」

「どんなルールだい？」

「二人のことをだれにも知られないようにすること。私は噂の的にはなりたくないの。それはこの仕事を途中でやめるのと同じくらい、キャリアに悪い影響を与えるわ」ケリーはそこでいったん言葉を切ってから続けた。「そして、私がここを出ていくときに関係を終えること。ある時点で関係が終わるとわかっていたほうが、お互いに気楽でしょう？」

ルカは黙ってうなずいた。口を開いて本音を言ってしまうのが怖かった。彼はつかのまの情事など望んでいなかった。ケリーを一生愛し、大切にしたいと思っていた。だからケリーの話をじっと聞いているのはつらかった。

「私の契約期間は半年で、希望すれば延長できることになっている。少なくとも一年間はいるつもりだったけど、今となってはそれはいい考えとは言えないわね。たとえそれまでに二人がお互いのことを完全に自分の中から追い出せたとしても、私は別の場所で仕事を見つけたほうがいいと思うわ」

「君がそう望むなら、僕はそれでいい」ルカは硬い口調で答えた。数カ月後にケリーを失うと思うと心が引き裂かれたが、それはルカ自身の問題であり、彼が自分で対処するべきことだった。ケリーがキャリアに悪影響を及ぼすような結論を出すのをとめられるなら、どんな苦しみにも耐える価値があると、彼は思った。「僕も君にふさわしい仕事がないか、さがしてみるよ。いくつかつてもあるから、いい話があったら喜んで推薦状を書こう」

「ありがとう。でも、結構よ。トップを目ざすなら、自分の力でやりとげたいわ」

「いいだろう」ルカはケリーの言うとおりだと思ったが、実際に断られると傷ついた。

「あなたと別れたあと、私は立ち直るまでにずいぶん長い時間がかかったわ。だから二度と同じ間違いを犯したくないの。仕事は私にとってなによりも大切なものだから」

もしケリーが彼女の人生におけるルカの立場を思い出させようとしたのなら、まさに成功していた。ルカはふいに立ちあがった。冷静さを保てなくなった自分をケリーに見られたくなかった。彼女はすべての感情をわきへおき、まるで仕事の話をするように彼の提案について話している。だが、彼はそんなことを期待していたのではなかった。

「そろそろマッテオを風呂に入れる時間だ。部屋に連れていくから、君はワインを飲んでいてくれ」

「飲みおえたら帰ったほうがいいかしら?」歩きだ

したルカに向かって、ケリーは穏やかに尋ねた。

ルカは鼓動が激しくなるのを感じた。もしケリーが今夜、ここに泊まれば、もうあと戻りはできない。ケリーが僕に対する思いを完全に消し去る日まで、二人は関係を続けるだろう。僕はそんなことに耐えられるだろうか？　毎朝、目が覚めるたびに、今日こそ彼女はもう僕を必要としなくなるかもしれないと怯える日々に。

その日がきたら自分がどんなに打ちのめされるか、ルカはわかっていた。だが、ケリーは病院との契約を守らなくてはならない。たとえ彼にとってナイフの刃を突きつけられたような日々になるとしても。

悲しみに圧倒されそうになりながら、ルカは振り返った。

「よかったら待っていてくれ、ケリー」

14

あたりは暗くなっていたが、ケリーはその場を動かなかった。奇妙なことに、混乱はおさまっていた。いったん決断を下すと、心は穏やかになった。でも、明日の朝、どんな気持ちになっているかはわからない。

明日のことなど考えるのはやめ、ケリーは立ちあがってプールに近づいた。フェンスのドアを開けて中に入り、手を水につけてみた。暗くなるとプールのまわりに明かりが灯され、水面はサファイアブルーに輝いている。本当に美しい光景だ。

「泳ぎたいなら、家に水着があるよ」

振り返ると、ルカが家を出てこちらに向かってくるのが見え、ケリーの胸は高鳴った。ルカを魅力的だと思う気持ちは昔からまったく変わっていない。ただ状況が変わっただけだ。これから彼と付き合うのは、ケリーが夢見ていたような一生続く約束ではなく、つかのまの情事だ。そして、それが終わったとき、彼女は再び歩きださなくてはならない。あなたは決してルカを愛することをやめられはしないわ。頭の隅で聞こえる小さな声を無視し、ケリーは立ちあがった。もう決断を下したのだから、あとはそれを受け入れるだけだ。

「楽しそうね。あなたも泳ぐの？」

「もちろんさ。夜の間、なにもすることがないなんてめったにないことだからね」

「まさか、病院から帰ってきてからも仕事をしているの？」ルカのあとについて家の中に入っていく途中で、ケリーは尋ねた。

「残念ながら、そうなんだ」ルカは顔をしかめた。「マッテオを寝かせてから、昼間できなかった書類仕事を片づけている」

「夜まで仕事をするなんてよくないわ」ケリーは反論した。「エネルギーを充電する時間が必要よ」

「だれに強制されているわけでもない」ルカは明るく答え、着替え室のドアを開けた。「書類整理は家でするほうが楽なんだ。そうすれば昼間は患者を診ることに集中できる」彼はそこで会話を打ちきり、水着が入っている戸棚の扉を開けた。ルカが出ていくと、ケリーは自分の水着に似たデザインの赤い水着を選び、着替えながら彼の言葉について考えた。

ルカは働きすぎだ。マッテオの面倒をみているときが唯一、リラックスできる時間らしいが、そこまで忙しい生活は間違っている。タオル地のローブをはおって庭に出ていく間も、ケリーはそんなことを考えていた。プールに着くと、ルカはすでに泳いでいた。美しいフォームのクロールで行ったり来たりしている。彼がプールの端まで行って泳ぎをやめ、ケリーの方を見たとき、彼女は息がとまりそうになった。彼の視線を感じ、体が熱くなるのを感じた。ルカがこちらに向かって泳ぎだすと、ケリーは逃げ出したい衝動を必死にこらえた。

「一晩じゅう、そこに突っ立っているつもりなのかい？」ルカは笑顔で言ったが、その瞳にはくっきりと欲望が浮かんでいた。

「水が冷たそうだから、迷ってるのよ」ケリーは温度を確かめるように爪先を水につけた。これから数カ月間、傷つかないでいるためには、いつでも頭のどこかで冷静さを保っていなくてはならない。ルカが私にどんなに大きな影響を与えるか、彼に知られるわけにはいかない。「あら、結構、冷たいわね」

「全然、冷たくないさ。気持ちがいいよ。ほら」ルカは両手で水をすくい、ケリーの足に少しずつたらした。「冷たいかい？」

「ええ、冷たいわ。凍りつきそうよ」ケリーはルカをにらみつけたが、次の瞬間、手をつかまれ、引っぱられた。「だめよ。やめて……ルカ！」ルカの名前を呼ぶと同時に、彼女はプールに落ちた。そして、怒りのあまり咳きこみながら水面に顔を出した。

「こんなことをするなんて、信じられないわ！」

「僕も信じられない」ルカはにっこりして、ケリーの濡れた髪を耳のうしろにかけた。「ふだんはこんなばかげたことはしないんだが、君のせいでどうかしてしまったみたいだ、ドクター・カーライアン」

ルカの指が再びケリーの肌に触れた。彼に触れられた場所から小波のように興奮が広がっていき、ケリーは唇を噛み締めた。だめよ。心までこの情事に投げ出してはいけない。彼女は髪を払い、水の中にもぐった。これからも自分のペースで事を進めなくては。ルカに抱かれるときも、決して自分を見失わないようにしよう。

　ルカに抱かれることを考えると体がほてり、ケリーは泳ぎはじめた。しばらくすると、ルカがふいに隣に顔を出した。ケリーは思わず腕をとめてしまい、あやうく溺れそうになった。

「やめて」ケリーは彼をにらみつけた。

「ごめんよ。魚雷みたいに飛び出していったから、競争するつもりかと思ったんだ」

「ひと泳ぎしようと思っただけよ」ケリーはつぶやいたが、その言葉はいかにも言い訳らしく聞こえた。

　ルカは小さく息を吐き出した。「怖くてあたりまえだよ、ケリー。僕たちにとって、こんなことは初めての経験だ。僕も君と同じように緊張している」

　ルカの言葉にやさしい響きを聞き取り、ケリーは再び唇を噛み締めた。「そうなの？」

「ああ」ルカはケリーに腕をまわし、抱き寄せた。「僕の感情は激しく揺れ動いている。胃は締めつけられ、頭はまったく働かない。どうしたらいいかわからないが、たぶんこうすれば……」

　ルカは最後まで言いおえる前に唇を求めてきた。焼けるような熱いキスはケリーの体に電気のような衝撃を走らせ、同時にルカが言葉にした以上のことを彼女に伝えた。ルカは二人がうまくやっていくための手段としてこの情事を提案したが、彼がケリーを求めているのは事実なのだ。

　そう思うと抑えていた情熱が解き放たれ、ケリーも激しくキスに応えた。長い時間がたってから、二人はようやく離れた。ケリーはルカの瞳に燃えあがる炎に気づいたが、彼女自身の瞳にも同じ炎が燃えあがっているとわかっていた。

「どうしても君が欲しいんだ、最愛の人」ルカがつぶやいた。

「私もよ」震えながらそう答えると、ケリーは再びルカに抱き寄せられた。押しつけられた彼の体から、熱い興奮が伝わってきた。

ルカが再びキスをした。ケリーは目を閉じ、体に広がっていく興奮をゆっくりと味わった。二人は抱き合い、唇を重ねながら水の底に沈んでいった。再び水面に顔を出すと、ルカは両手でケリーの頬をはさんでその目をじっとのぞきこんだ。

「これが本当に君の望むことなんだね、ケリー？もし迷っているなら、今、言ってくれ。二度と君を傷つけたくないんだ」

ルカの声に混じる苦悩に気づき、ケリーの目に涙がこみあげた。彼の言葉に嘘はない。そう確信すると温かいものが胸にあふれ、自分の気持ちを抑えておこうという決意がばかげたものに思えた。この情事がいつまで続くかわからないが、私はきっとルカに心まで捧げてしまうだろうと、ケリーは悟った。

「これが私の望むことよ、ルカ」

その言葉を頭に刻みつけようとするかのように、ルカは目を閉じた。それから彼は二人の新しい関係が始まったしるしに再びキスをした。ルカの唇が顔から喉元へ下りてくると、ケリーは彼にしがみついた。彼の唇が触れたすべての場所が焼けるように熱くなった。ルカの指が水着のストラップにかかり、それを引きおろしたとき、ケリーは激しい欲望のせいで体を震わせた。

「きれいだ」あらわになった彼女の胸を見つめ、ルカはつぶやいた。「本当にきれいだ」

ルカが胸に顔を埋め、その唇で濡れた先端に触れた瞬間、ケリーは喜びの声をあげた。彼はもう片方の胸の先端も口に含んでから、ケリーの水着をはぎ取った。そして自分も水着を脱ぎ、二人は生まれたままの姿になった。

ルカはケリーを少し浅い場所へ促してから抱きあげた。彼が体を重ねてきたとき、ケリーは思わず声をもらした。そのすばやさは二人がどんなに強くお互いを求めているかを証明していた。二人はプールの中で愛し合った。それはケリーにとって今までの人生で最も強烈な経験だった。彼女を包む冷たい水と、ルカの熱い体のコントラストはとてもエロチックだった。

すべてが終わると、ルカはやさしくケリーを抱き締めた。彼が満足感に体を震わせたのが、ケリーにもわかった。「もう一度、こんな気持ちになれるなんて思ってもみなかった」ルカは彼女の喉に向かってささやいた。

「完璧(かんぺき)だったわね」たいしたことではないふりなどできず、ケリーは言った。

「ああ。君と同じだ、ケリー。非の打ちどころがない」ルカは唇にそっとキスをすると、ケリーがプールから上がるのに手を貸した。そして、彼女がさっき脱いだローブで体を包んでくれた。そのやさしさにケリーは心を動かされた。ルカは私を愛してはいないかもしれない。でも、大切に思ってくれている。それを忘れないようにしよう。

ルカは腰にタオルを巻いてから、プールに浮かんでいる二人の水着をすくいあげた。

「なにをしていたか、証拠を残さないようにしないとね」濡れた水着を日光浴用の椅子にかけながら、彼はほほえんだ。

ケリーは顔を赤らめた。「朝、水の中でそれを見つけたら、マリアはショックを受けるでしょうね」

「マリアのことは考えていなかったよ。マッテオがこれを見つけたら、質問攻めにされるだろうと思ったんだ」ルカはため息をつき、ケリーの手を取ってのひらにキスをした。「僕はまだあの子に男と女の話をする心の準備ができていない」

ケリーは声をあげて笑った。「ルカったら、恥ずかしいの？　医者のくせに」

「事実を説明するだけなら、もちろんできる。ただ、生命の神秘について説明するのと、なぜパパとお友達の水着がプールに落ちているのかを好奇心旺盛な二歳の息子に説明するのとは話が違う。そうなったらきっと言葉につまってしまうだろう」

ケリーは含み笑いした。「あなたならきっとうまくやれるわ」

「ありがとう。信頼してもらえてうれしいよ」ルカはケリーにキスをしてから彼女の手を取り、屋敷に続く小道を歩きだした。「シャワーを浴びるなら、着替え室にタオルとドライヤーがある。僕はその間にコーヒーの準備をしておくよ」

「うれしいわ。コーヒーで塩素の味を流したいと思っていたの」ケリーはルカに向かってにっこりした。

「ずいぶん水を飲んでしまったみたい」

「すまない」ルカは顔をしかめた。「言い訳ではないが、あんなことをするつもりはなかったんだ」

「謝る必要はないわ」ケリーは背伸びしてルカにキスをした。「私もあなたと同じくらい、そうしたかったんだもの」

ルカはケリーの体を少し離して言った。「これで君の気持ちが楽になることを願うよ、ケリー。僕のせいでここを去らなくてはならないと思ってほしくないんだ」

ルカは再びキスをしたが、そこには喜びと同時に絶望感が感じられ、ケリーは身震いした。ルカはなぜこんなに必死に私のキャリアを守ろうとするのだろう？　でも、キスをしている今はなにも考えられない。ルカに抱きあげられ、そのまま寝室に運ばれても、ケリーは抵抗しなかった。ケリーも彼が欲しかった。彼が与えてくれる情熱と充実感を味わいたかった。なぜなら、それだけが彼女に自分が完全な存在だと感じさせてくれるからだ。ルカと体を重ねているときは、ケリーはもう孤独ではなかったし、将来が怖くもなかった。大切なのは今この瞬間であり、ルカを愛し、彼のそばにいるという現実だった。

ルカはケリーをベッドの真ん中に下ろし、明かりをつけた。そして、あっという間にローブを脱がせ、自分も巻いていたタオルを取って床にほうった。それからケリーの隣に横たわった。

「いつまでも君を見ていたいよ、ケリー。それに、いつまでも君に触れていたい」

再び愛し合ったあと、眠りに落ちていきながら、気がつくとケリーは、いつかルカが自分を再び愛してくれることを願っていた。長い時間がかかっても、彼女は待つつもりだった。そして、もしそのときがきたら、ルカに本当のことを伝えようと思った。彼を愛していること、過去の出来事にもかかわらず、ずっと彼を愛しつづけてきたことを。

もしかしたら、本当にもしかしたら、いつか私の夢は叶(かな)うかもしれない。

15

その夜以来、ケリーはほとんど毎晩、ルカと過ごした。だが二人は、自分たちの関係をだれにも知られないように、極端なほど慎重だった。仕事中、ルカはケリーをほかのメンバーとまったく同じように扱った。ただ一つ変わったのは、二人がうまくやっていけるようになったことだった。二人の間のぎくしゃくした雰囲気は消え、ケリーはまもなく自信を取り戻した。

状況はだいぶよくなったが、まだいくつか問題が残っていた。レティツィアは相変わらずケリーに対して敵意をあらわにしていて、隙(すき)あらば彼女を陥れようとした。近々、上級研修医が募集されるという発表があると、レティツィアの態度はますますひどくなった。彼女はどうしてもそのポストにつきたいと考え、なんとかしてケリーを競争に加わらせまいとしていた。ケリーが、私は契約が終わったらこの病院を離れるのだから応募するつもりはないと何度説明しても、信じようとしなかった。

とうとうケリーは、自分ができることはすべてしたとあきらめ、悪意のこもったレティツィアの言葉は無視することにした。ケリーはこの病院で働ける期間を最大限に利用し、だれにもそのじゃまはさせまいと決心した。もしルカを失うことになっても、少なくとも私には仕事がある。そして、聖マルゲリータ病院からの好意的な推薦状があれば、長い間目ざしてきた成功への道も開けるだろう。

ルカと初めての夜を過ごしてから三週間後の木曜日の夕方、重大な事件が起きた。ケリーが仕事を終えて帰ろうとしていたとき、低血糖の発作を起こしたパオロ・ロッシが運びこまれてきた。救急医療部の医師がぶどう糖注射をしたあと、少年は病棟に移されたので、ケリーはすぐにようすを見に行った。

「こんばんは、パオロ。気分はどう？」

「少しよくなったよ」パオロはだるそうに答えた。

「ベッドに横になったら、診察しましょうね」

パオロをベッドに落ち着かせると、ケリーはベッドわきの椅子に座った。少年の両親はまだ到着していなかったが、診察を始めることにした。できるだけ早く、なぜこんな事態が起きたかを解明しなくてはならない。

「それで、パオロ、なぜこんな事態になったか調べる必要があるの。今朝はきちんと決められた量のインシュリンを注射した？」

「うん。ママがいつも調べるんだ。赤ん坊でもないのに」少年は腹立たしげにつけ加えた。

ケリーはほほえんだ。「それはあなたを心配しているからよ。慣れてくれれば、お母さんもあなたにまかせてくれるようになるでしょう」

「そうだといいけど」パオロはため息をつき、まだなにか言いたそうだったが、ケリーはさっさと話を進めることにした。問題の原因を突きとめるまでは少年の機嫌をそこねたくなかった。

「ともかく、あなたは今朝、正しい量のインシュリンを注射した。ということは、炭水化物を十分とらなかったか、運動をしすぎたかのどちらかだわ。あなたはどちらだかわかる、パオロ？」

「どうしてそのどちらかなの？」少年は不満げに言った。「偶然、こうなったのかもしれないじゃないか」

「そういうことはまずないの」ケリーはきっぱりと言った。「あなたは低血糖の発作を起こしたわね、パオロ。それはあなたの血液中のぶどう糖が異常に少なくなったからなの。糖尿病の仕組みは知っているわね？ 糖尿病と診断されたとき、担当の先生が説明してくれたでしょう？」

パオロは肩をすくめた。「僕の膵臓がきちんと働いてないとかなんとか言ってたけど、よくわからなかった」

ケリーはため息をついた。彼女は子供にも筋を通して病気のことを説明する主義だった。そうすれば、子供もなぜ自分が治療を受けなければならないか理解してくれる。だが、どうやらパオロの担当医はその点についてあまり積極的ではないようだった。

「だったらもう一度、説明するわ。ふつう、膵臓というのは血液中のぶどう糖の量を調整するインシュリンというホルモンを作っているの。でも、あなたの場合、作られるインシュリンの量が足りない。だから毎朝、注射をする必要があるのよ」

「じゃあ、僕が注射しているインシュリンというのは、本当は僕の体の中で作れるはずのものなの？」

パオロは少し興味を持ったようだった。

「そのとおりよ。インシュリンは正確には薬ではなく、あなたの体がきちんと機能するために必要なものなの。だから、あなたが食べる食事の量と、注射するインシュリンの量を正しく調節していれば、問題は起きないはずなのよ。でも、もし食事を抜いたり、インシュリンをたくさん注射しすぎたりすると、具合が悪くなるの」

少年がきちんと理解するまで待ってから、ケリーは話を続けた。

「今日はお昼を食べた、パオロ？」

「ううん」パオロは認めた。「サンドウィッチを捨ててしまったんだ。昼休みに友達とサッカーの試合をする約束をしてたから、食べる時間がなかったんだよ」

「なにも食べなかったの？」ケリーはやさしく尋ねた。今ここでばかなことをしたと少年を叱りつけるのはよくない。

「林檎を一つだけ」パオロはケリーの目を見ずにつぶやいた。

「なるほどね。これでなぜあなたが発作を起こしたか謎が解けたわ。あなたは昼食を抜いて、サッカーをした。つまり、体の中にはインシュリンがたくさんあるのに、それに見合った食べ物がなかったということよ。だからあなたはめまいがしたり、ものが二重に見えたりしたの」

「友達は僕が酔っぱらってると思ったみたい」パオロはにやりとした。「あちこちふらふら歩きまわっていたんだって」

「低血糖の発作を起こした人は、アルコールに酔っていると誤解されることが多いの。協調性の低下や攻撃的な行動などがよく似ているせいね。それらはすべて、脳が正常に働くために必要なぶどう糖が不足したせいで起きることなのよ」

「怖いな」少年は本音をもらした。「とても変な感じがしたんだけど、なぜだかわからなかったんだ。ほかの先生も、あなたみたいに説明してくれればよかったのに。そうすればサンドウィッチを捨てたりしなかったよ」

「大切なのは、二度とそんなまねをしないことよ。いいわね?」少年がうなずいたので、ケリーはほほえんだ。「よかった。自分で注射を打ったり食べるものに注意したり、いやになることもあると思うけど、糖尿病を抑えるにはそれしか方法がないの。でも、言われたことを守っていれば、お友達となんでも同じことができるわ」

「本当に? 大人が子供の機嫌をとるときみたいに、適当なことを言ってるんじゃないよね?」

「本当よ、パオロ。誓うわ」

ケリーは胸の前で十字を切ってから、くすりと笑った。それからもう一度、少年を診察し、その結果をカルテに書いてサインをした。インシュリンの摂取量を変更する必要はないので、投与量の調整はしなかった。発作の原因がはっきりした以上、問題は自然に解決するはずだ。


まもなくケリーは病院を出て、着替えるためにいったん宿舎に戻った。夕食はルカの家でとることになっているから、おしゃれをしていくつもりだった。彼女が身につけたサンドレスは、セールのときに衝動買いしたものだった。雨の多いマンチェスターではほとんど着る機会がなかったが、この地中海の楽園にはぴったりだ。鮮やかすぎない黄色のコットン素材のサンドレスは、ケリーのすらりとした体型と赤い髪を引き立ててくれた。

部屋を出たとき、ケリーは胸の高鳴りを抑えきれなくなっていた。ルカはきっとこの服を気に入ってくれるだろう。そのあと起きることを想像し、彼女は体が熱くなるのを感じた。何度彼と愛し合っても、そのたびに新鮮な喜びを経験する。ルカの腕に抱かれていると、二人はいつまでも一緒にいられると信じてしまいそうになる。

ルカが帰宅したのは遅い時間だった。病院の経営陣と、新しい上級研修医の募集広告について話し合っていたからだ。広告は主な医学雑誌のほとんどに掲載され、彼が候補者を選ぶことになりそうだった。しかし、屋敷の門に車を乗り入れながら、彼はケリーにそのポストを与えたいと願わずにいられなかった。この数週間で、彼女はまた自信を取り戻したようだし、間違いも起こしていない。ケリーほどの適任者はいないと思うが、このポストを与えるということは、彼女がここにとどまることを意味する。この三週間が僕の人生にとって最もすばらしい時間であったとしても、二人の関係を終わらせなくてはならない。ケリーの将来のチャンスを奪うことになるなら、彼女を僕にしばりつけておくのは正しいことではない。

家に入ったとき、そんな考えがルカに重くのしかかっていた。マッテオが走ってきて彼を出迎え、一日の出来事をまくしたてた。ルカは息子を抱きあげてぐるぐるまわし、その笑い声に心を癒（いや）された。僕はケリーを失うかもしれない。だが、マッテオが安全で幸せな暮らしを送れるように全力を尽くすつもりだ。そして息子が成長し、もう僕の助けを必要としなくなったとき、少なくとも僕は息子のためにできるだけのことをしたと満足できるだろう。

ルカはマッテオをキッチンへ連れていき、スツールの上に立たせた。マリアが珍しく早く帰ってしまったので、彼とマッテオはすぐに夕食の準備にとりかかった。ちょうど鍋（なべ）にパスタを入れようとしたとき、呼び鈴が鳴った。

「ケリーだ！」マッテオは急いでスツールから下り

て玄関に走っていき、じれったそうに飛びはねながら、ルカがドアを開けに来るのを待っていた。

ドアを開けてケリーを見たとたん、ルカの胸は高鳴った。彼女はとても美しく、その場で抱き締めずにいるには強い意志が必要だった。ルカは息子の興味深げな視線を意識し、ケリーの頬に控えめにキスをした。彼女はいつも、朝、マッテオが目を覚ます前に帰っているので、今のところマッテオからの質問攻めにはあっていない。それでもルカは、息が苦しくなってめまいを覚えるまで彼女にキスをしたいという思いを抑えるのに苦労していた。

「すてきだ」ルカはドアを閉めて言った。「そのドレスは気に入ったよ」

「ありがとう」

ほほえんだケリーの瞳は温かく、ルカの胸は締めつけられた。彼女をキッチンへ案内する間、両手を体のわきに下ろしているには大変な意志の力が必要だった。マッテオは二人のわきをスキップして、英語とイタリア語が混じった奇妙な言葉をしゃべっている。マッテオはルカとケリーが話すのを聞いていてたくさんの英語を覚えたが、ときには二種類の言葉をおかしなふうに組み合わせ、二人を笑わせていた。

マッテオとケリーの会話を聞き、ルカはほほえんだ。二人は本当に仲がいい。マッテオが楽しそうなのを見ると、ルカはうれしかった。ケリーと過ごすことで僕の人生はすばらしいものになったが、マッテオの人生もそうだろう。

その思いはルカを少し不安にした。ケリーがサルデーニャを去ったら、マッテオはとても寂しがるだろう。だが、子供は順応性があるから、その痛手がいつまでも続くことはないはずだ。彼はそう自分を、慰めた。

パスタができあがり、ルカはそれを大皿に盛りつけた。パスタはこの島特産のサフラン入りのショートパスタ、ソースはハーブとガーリックで香りをつけた、シンプルなトマトソースだ。ルカがテーブルに皿を置くと、ケリーは鼻をひくひくさせた。

「おいしそうね。とてもおなかがすいているの」

「じゃあ、座って食べてくれ」ルカはほほえみ、彼女の皿にパスタを取り分けた。そして、おろしたての地元のチーズの入った皿を渡した。「これはパルメザンチーズに似ているが、君はきっと気に入ると思う」

ケリーはそのチーズをパスタに振りかけ、さっそく口に運んだ。「まあ、すごくおいしいわ。これはなに？」

「ペッコリーノ・ロマーノだ」ルカはマッテオを抱きあげ、幼児用椅子（ハイチェア）に座らせた。「羊のミルクから作られたチーズだよ。香りがかなりきついから人によっては好みに合わないかもしれないが、僕は好きさ」

「とてもおいしいわ。それにソースも」ケリーはルカにフォークを振ってみせた。「シェフに敬意を示すわ」

「シェフはもう一人いるんだ」ルカは言った。「この男の子がハーブを全部洗ってくれたのさ」

「本当に？　あなたはパパのお手伝いをしたの？」ケリーはマッテオの方を向いて尋ねた。男の子がまじめな顔でうなずくと、彼女はにっこりした。「まあ、偉いわね。とてもおいしいわ」

テーブルの上に身を乗り出し、ケリーがマッテオの頬にキスをした。ルカは自分がどんなに心を動かされたか彼女に知られるのが怖くて、顔をそむけた。ケリーは明らかにマッテオのことを大事に思ってくれている。それに僕のことも。もしケリーのキャリアを心配しなくてもいいなら、僕はどんなことをしてでも彼女をここにとどまらせるだろう。だが、ケリーがこれまで必死に努力して手に入れてきたものを、僕がだいなしにするわけにはいかない。

そんな憂鬱(ゆううつ)な考えを、ルカはなかなか捨て去ることができなかった。夕食後、三人はマッテオの寝る時間まで庭で遊んだ。ルカが息子を風呂に入れ、本を読んでやってからキッチンに戻ってくると、ケリーはコーヒーの支度をしていた。

「僕の気持ちが読めたんだね」ルカは言い、椅子にどさりと腰を下ろした。「どうしてもカフェインが欲しかったんだ」

「庭を駆けまわったから、疲れたんでしょう」ケリーはからかうように言い、テーブルにカップを二つ置いた。

ルカはケリーの腰に腕をまわし、彼女を自分の膝の上に座らせた。「まだまだその言葉を後悔させるくらいのエネルギーは残っているよ、お嬢さん」

ルカはゆっくりと貪欲(どんよく)にキスをして、ケリーの熱っぽい反応を楽しんだ。ルカが抱きあげて寝室に運ぶ間、ケリーは彼にしがみついていた。彼女も僕と同じくらい激しく僕を求めている――そう思うと、さっき感じた絶望感がいくらかやわらいだ。

二人は情熱的に愛し合った。それはルカを心の底まで震わせるほどの激しい情熱だった。ケリーと体を重ねている間、今までこんなにすばらしい経験をしたことは一度もないと、ルカは思った。ケリーを愛することは彼の人生で最高の経験であり、彼が求めてきたもののすべてだった。きっとこの問題を解決する方法があるはずだ。ケリーが仕事に打ちこむ時間と自由が欲しいなら、ルカは喜んでそれを与えるつもりだった。彼女が戻ってきてくれるなら、必要なことはなんでもしよう。どんな妥協も。だが、それで十分だろうか？　ケリーはどう思うだろう？　彼女は僕と人生をともにするために、キャリアを危機にさらす覚悟があるだろうか？

ルカは答えを出せなかった。結果が恐ろしくて、ケリーに尋ねることもできなかった。もし僕がここにとどまってくれと頼んだら、ケリーは断れないだろう。だが、人生を左右するような問題を感情で決めてほしくはない。ケリーは考える必要がある。冷静に、理性を働かせて。しかし、心が欲することと、頭で正しいと思うことのどちらか一方を選ぶなんて、不可能なのではないか。

ルカはケリーを抱き寄せ、眠りに落ちていく彼女の息づかいに耳を傾けた。そして、やはりここにとどまってくれなどと頼めはしないと思った。ケリーに期待しすぎてはいけない。それに、もし間違った選択をしたら、ケリーは失うものが大きすぎる。そうでなくても、僕は過去に一度、彼女を失望させているのだ。僕を選んだことをいつかケリーが後悔するかもしれないと思うのは耐えられない。

16

翌朝、ケリーは寝過ごしてしまい、あわてて身支度をしなくてはならなかった。目を覚ましたマッテオの呼ぶ声が聞こえたので、二人はゆっくり別れを惜しむ暇もなかった。ケリーはすばやくルカにキスをすると、足早に私道を歩きだした。

病院へ向かう道はふだんより車が多かった。ちょうど昼間のシフトが始まる時間なので、スタッフがおおぜい出勤してくる。だれかに気づかれて、どこに行っていたのだろうと不審に思われないように、ケリーは顔を伏せて歩いた。ルカとのことが噂（うわさ）になるのだけは避けたかったので、だれにも会わずに宿舎にたどり着いたときはほっとした。

彼女は急いで着替えをすませ、病棟に向かったが、パオロ・ロッシのベッドのまわりに人が集まっているのを見て、ぴたりと足をとめた。ルカの姿に気づき、彼女の心は沈んだ。彼が呼ばれたということは、かなり深刻な事態に違いない。

「なにがあったの？」ケリーは急いでベッドに近づき、尋ねた。

「インシュリンの過量摂取だ」ルカはぴしゃりと言い、ぶどう糖の注射器を手に取ると、少年の脚を消毒して手際よく注射を打った。

「過量摂取？」ケリーはぎくりとしてきき返した。

「でも、どうしてそんなことに？」

「それはこれから確認しなくてはならない。だが、カルテを見ると、インシュリンの投与量がふだんの量の二倍に変更されている」

ルカはケリーの顔を見ようとはせず、少年の上に再びかがみこんだ。ケリーの背中に震えが走った。

ルカは私が間違いを犯したと思っているのだ。でも、私はインシュリンの投与量を増やしてなどいない。パオロはこれまでどおりの量を投与されるべきだった。昨日、私はカルテにそう書いた。それなのに、どうしてこんな間違いが起きたのだろう？

幸い、パオロはすぐに意識を取り戻したものの、まだ少しぼんやりしていた。ケリーはなにか手伝いたかったが、周囲のスタッフの態度から、みんなが今回のことを彼女のせいだと思っているのがわかった。ルカに彼のオフィスで待っているように命じられても、ケリーは逆らわなかった。今ここで、私はなにも間違ったことはしていないと説明してもむだだろう。でも、昨日、私が書いたカルテを見れば、わかってもらえるはずだ。

ルカのオフィスに向かう間、ケリーは必死にそう思おうとした。早く彼に戻ってきてほしいと願いつつ、椅子に腰を下ろした。できるだけすみやかにこの問題を片づけたかったので、ルカが現れると、ケリーはすぐに立ちあがった。

「パオロはどう？」

「大丈夫だ」ドアを閉めたルカの顔はこわばっていた。彼はケリーに座るように合図し、机の上にパオロのカルテを置いて最初のページを示した。「これは君のサインだね？」

「ええ」ケリーはちらりとそれを見て答えた。

「じゃあ、君は自分がこの指示を書いたことを否定しないんだね？」

「ええ。でも、なぜ？　ねえ、ルカ。あなたはなにを言おうとしているの？」

「はっきり言おう、ドクター・カーライアン。君の不注意のせいで一人の子供があやうく死にかけた」

「私の不注意？　でも、あんなことになったのは私のせいじゃないわ」ケリーはルカの非難に驚き、言い返した。

「君はたった今、この指示は自分が書いたと認めたじゃないか」ルカは怒りのこもった声で言い、カルテを指でたたいた。「これは君の過失だよ、ドクター・カーライアン、それ以外のなにものでもない」

ケリーはカルテをじっと見つめた。確かに私のサインがしてある。でも、私はパオロに投与するインシュリン量を変更してはいない。ルカはなにを言っているのだろう？　薬剤の項目に書かれた数字に視線を移したとき、ケリーは息をのんだ。それはパオロが投与されるべき量の二倍に近い数字だった。

「でも、それは私が書いたんじゃないわ。私は投与量を変更してはいないし、そんな指示も出していない。ふだんの量の二倍に近い量を投与する指示なんて、出していないわ」

「だったら、どうしてこんな数字が書いてあるんだ？　数字が勝手に現れたとでもいうのかい？　君が書いていないなら、だれが書いたというんだ？」

「わからないわ。わかっているのは、私は書いていないということだけよ」ケリーは身を乗り出し、必死にルカを説得しようとした。「私は絶対にパオロに投与するべきインシュリンの数値を変更していないわ」

「わざとでなくても、結果は同じだ」ルカは立ちあがった。その瞳に軽蔑の色が浮かんでいるのを見て、ケリーは怯んだ。「君はもう少しで一人の子供の命を奪うほど大きな間違いを犯した。そして、君が間違いを犯すのはこれが初めてではない。この状況では、君には停職処分を下すしかなさそうだ」

「停職？　つまり、私にここで働いてほしくないということ？」

「そのとおりだ。この件の調査が終わるまで、宿舎に住んでいるのはかまわないが、身分証明書や君が使っている病院の備品は返却してくれ」

ケリーは立ちあがったが、部屋がぐらりと揺れた気がして椅子の背をきつく握り締めた。「あなたは本当に私がそんな間違いを犯したと信じているの、ルカ？」

「それは僕が決めることではない。調査委員会が決めることだ。今後は彼らがこの問題を扱うことになる」

ルカは大股で戸口まで歩いていき、立ちどまった。その瞳に苦悩の色を見たとき、ケリーはたじろいだ。彼が今回の件をケリーの責任だと思っているのは疑いようがなかった。

「気の毒だが、ケリー、この件はもう僕の手を離れた。僕には助けようがない」

ルカが出ていってしまうと、ケリーはどさりと椅子に座りこんだ。今回の件は彼女の責任ではないが、無実を証明する手だてはなにもない。カルテのサインは彼女のものなのだから。だれかが数字を書き替え、彼女に罪を着せたのだろうか？　でも、だれがそんなことを?

あれこれ考えているうちに、ケリーは混乱に陥った。ルカが私を信じてくれさえしたら、二人でこの事件を解明できただろう。だが彼は、今回のことは私の責任だとはっきり示した。ルカに信じてもらえなかったという事実に、ケリーは耐えがたいほど傷ついていた。でも、今はそんなことで悩んでいる場合ではない。名誉を回復するためには、だれがパオロのカルテを書き替えたか突きとめなくてはならない。

ケリーがルカのオフィスを出て病棟へ戻ろうとすると、看護師長が現れて言った。「ドクター・カーライアン、申し訳ありませんが、あなたを病棟に入れないように指示されているんです」

「指示されている? それはどういう意味?」ケリーは鋭く尋ねた。

「ドクター・フェレーロから、あなたは停職になったと聞きました」師長はばつが悪そうに説明した。「申し訳ありませんが、あなたを患者さんに近づけることはできません」

「わかりました。だったら、これ以上あなたを困らせるつもりはないわ、師長」

ケリーは廊下を引き返し、医局に戻った。そこにはだれもいなかった。彼女は封筒を取り出し、身分証明書を中に入れた。そして表にルカの名前を書き、聴診器とペンライトと一緒に机の上に置いた。部屋を出ようとしたところで、ちょうどカルロが戻ってきた。彼はひどく動揺しているようだった。

「話を聞いたよ、ケリー。僕になにかできることはないかい?」

「パオロ・ロッシのカルテをだれが書き替えたのか突きとめてほしいの。私は絶対にインシュリンの量を二倍になんかしていないのよ」

「君はだれかが故意に書き替えたと思ってるのか

い？」カルロは叫んだ。

「でなければ、どうしてこんなことになるの？」ケリーはため息をついた。「信じてもらえないかもしれないけど、私はあんな数字は書いていないわ、カルロ。絶対に。そして、私が書いていないなら、ほかのだれかが書き替えたことになる。それほどむずかしいことではないはずよ。私が書いた数字の前に一つ数字を書きこめばいいんですもの」

「でも、だれがそんなことをするんだい？　つまり、もしレティツィアがパオロのようすがおかしいとすぐに気づかなければ、彼は死んでいたかもしれないんだよ」

「レティツィア？　パオロのようすがおかしいと気づいたのはレティツィアなの？」

「ああ」カルロは肩をすくめた。「今朝はたまたま早く出勤していて、パオロがひどく興奮しているのに気づいたらしい。それですぐにアラームを鳴らし、ルカも呼んだと言っていた」

「彼女はなぜ今日、早く出勤していたのかしら？」

カルロは眉をひそめた。「外来の診察が始まる前に見ておきたい症例記録があるとか言っていたな。どうしてだい？　まさかこの件にレティツィアがかかわっていると思ってるんじゃないだろうね？」

「わからないわ。わかっているのは、昨日私は正しいインシュリン量を書いたのに、朝になったらその数字が変わっていたということだけよ」証拠もないのに、レティツィアを疑うことはできない。だが、彼女はきっとこの件にかかわっているはずだ。

「間違いなんてだれにでもあることだよ、ケリー」カルロはやさしく言った。だれかがわざと患者を危険な目にあわせたとは思いたくないのだろう。

「わかってるわ。それに、もし私が間違いを犯したなら、潔く白状するわよ。でも、今回のことは絶対に私のミスではないのよ、カルロ」

カルロはなにも言わなかった。困り果てたような彼の顔を見て、ケリーはため息をついた。

「ごめんなさい、カルロ。私の味方をしてほしいと頼むなんて不公平ね。自分の無実は自分で証明するわ。どうすればいいかはわからないけど」

「調査委員会が問題を解決してくれることを期待しよう」カルロは面倒に巻きこまれずにすんでほっとしたようだった。「委員会がすべての事実を検討すれば、きっと正しい結論が出るはずだ」

ケリーもそう信じたかったが、調査が自分に有利に進むとは思えなかった。しかし、彼女はそのことは口にせず、カルロに挨拶をして医局を出た。宿舎までの道のりはほんの数分なのに、ひどく遠く感じられた。彼女の停職の話はすぐに病院じゅうに広がるだろう。自分が噂の的になると思うと、ケリーは耐えがたい気持ちになった。さらにつらいのは、ルカが彼女の有罪を信じていることだった。もし彼がケリーに特別な感情を抱いているなら、なにも証明しなくても彼女の無実を信じてくれたはずだ。

そう思うとなによりつらかった。ケリーはベッドに身を投げ出して泣いた。彼女は今、愛する人と、大切なキャリアの両方を失おうとしていた。

ルカは今日の出来事が信じられなかった。あんな間違いを犯しただけでも大変なことなのに、さらにケリーはその責任を逃れようとした。もし彼女が僕を信じ、真実を話してくれたら、僕は彼女を助けるためになんでもしただろう。だが、もうどうすることもできない。今後、どんな処分が下されるかはすべて調査委員会にかかっている。ケリーに非があるという結論が出れば、処分はかなり厳しいものとなるだろう。

その日はずっと、ルカの心に黒い雲が立ちこめていた。仕事が終わり、帰り際に秘書に挨拶されても、笑顔を見せるのがむずかしかった。エレベーターで一階へ下りる間、彼はどうするべきか考えていた。今朝はケリーを停職処分にする以外に道はなかったが、今はとにかく彼女に会いたい。ケリーが自分の間違いを認めれば、事態も彼女に有利になるかもしれない。この失敗のせいで彼女にキャリアをだいなしにさせるのだけは避けたい。

ルカは人目も気にせず、職員の宿舎に向かった。こんな重要な問題に比べたら、噂を立てられることなどなんでもない。彼はまっすぐケリーの部屋に向かい、覚悟を決めてドアをノックした。ケリーは泣いていたようだったが、ルカが手を伸ばすとあとずさった。

「なにかご用?」その声は氷のように冷たかった。

「話がしたいんだ、ケリー。そして、君を助けるための手だてを見つけたい。この問題は非常に深刻だから、君のキャリアに大きな影響を及ぼしかねない」

「そんなことはわかってるわ」ケリーはばかにしたように笑った。「心配なら、今朝、私の話を聞いてくれればよかったじゃないの」

「つまり、君はまだカルテにあんな数字を書いていないと言い張るんだね?」

「私は正しい数字を書き、だれかがそれを書き替えたのよ」ケリーは美しい顔をこわばらせてルカを見つめた。「信じるかどうかはあなた次第だわ」

ルカはひそかに悪態をついた。ケリーは僕を身動きできない立場に追いつめている。「僕は君を信じたいんだ、ケリー。だが、あの書類には君のサインがしてある」

「だから私は有罪なのね。そう思うなら、もう帰ってちょうだい、ルカ」

ケリーがドアを閉めようとしたので、ルカはとめた。「なにか君の無実を証明できるものはあるのかい？」彼は鋭く尋ねた。

「なにもないわ。でも、だからといって、私の言葉が嘘だとは言えないでしょう。唯一の無実の証明はここにあるわ」ケリーは自分の胸に手を当てた。「私は自分が間違いを犯していないとわかっている。自分がパオロのカルテになにを書いたかも、この件では自分が無実だということも。私の心は真実を知ってるわ、ルカ。あなたはどうなの？」

「ケリー、僕は……」ルカは絶望的な思いで口を開きかけたが、ケリーは首を振った。

「むだなことは言わないで。あなたは私が嘘をついていると思ってるのよ。おやすみなさい、ルカ」

　ケリーはドアを閉めたが、今回はルカもとめなかった。彼はケリーの言葉に心をかき乱され、ひどく傷ついていた。彼女は正しいのだろうか？　僕はケリーの無実を信じるべきだったのだろうか？

　ルカはずっと他人を信用できずに生きてきたが、その理由はわかっていた。母親に捨てられ、世話をしてくれるはずの人たちに虐待されたからだ。彼のまわりには、だれ一人として信じられる人間はいなかった。だが、ケリーに出会って彼は変わった。これまでとは違う感じ方をするようになった。

　車に向かって歩きながら、ルカはめまいを覚えた。彼はケリーに心を開き、ともに人生を送りたいと思うくらい、彼女を信頼してきた。ケリーは一度としてルカの信頼を裏切らなかった。二年前に付き合っていたときも、今回、再び彼のもとへ戻ってきてからも。

　ケリーを失望させたのはルカのほうだった。彼は別の女性のためにケリーを捨てた。ケリーはどんなにつらい思いをしたことだろう。それにルカは、ソフィアとマッテオに関する真実もケリーに話していない。彼はケリーに対してまったく正直ではなかった。あげくのはてに、彼はケリーの無実を信じようともしなかった。

自分がどんなにひどいことをしたかに気づき、ルカは罪悪感に襲われた。今回の件についてもう一度よく調べ、ケリーの言葉を真剣に考えてみる必要がある。もしだれかが数字を書き替えたなら、犯人をさがし出し、再び悲劇が起きないように対処しなくてはならない。そして、それが終わったら、ケリーにソフィアとマッテオについての真実を話そう。話したからといって、どうなるものでもないかもしれない。だが、少なくとも、ケリーは真実を知る権利がある。なぜ二年前、彼女の人生がめちゃくちゃになったのかを。そうすることで、もしかしたら、本当にもしかしたら、ケリーの心の傷は癒え、サルデーニャを出ていくときにすべての悲しい思い出を置いていけるかもしれない。

17

翌週はまるで悪夢のようだった。仕事に行くこともできず、ケリーはなんとかありあまった時間をつぶそうとしたが、ほかの人たちと顔を合わせるのがいやでほとんど宿舎に閉じこもっていた。

さらにつらかったのは、ルカがまったく連絡をくれないことだった。どうやら彼はケリーを見捨てたらしい。今回の件で彼女は有罪だと信じているのだろう。そう思うと、ケリーの胸は張り裂けそうだった。ケイティに話を聞いてもらいたかったが、電話で話すたびに、姉は興奮して間近にせまった自分の結婚式のことをまくしたてるので、それに水をさすのは気が引けた。

土曜日、これ以上家に閉じこもっていたら頭がどうかしてしまうとケリーは思った。だから人の少ない時間を見はからってタクシーを呼び、海辺に出かけた。海辺は休暇中の人たちで込み合っていて、人込みにまぎれていられるので気楽だった。

ケリーは比較的静かな場所を選んでタオルを広げ、そこに寝そべって持ってきた本を開いた。しかし、同じ段落を何度か繰り返し読んだあと、時間のむだだと気づいた。せまりつつある調査委員会の尋問のことを考えてしまい、まったく集中できなかった。もし私の話を信じてもらえなければ、懲戒処分となるだろう。それが自分のキャリアに及ぼす影響を考えただけで、ケリーは恐ろしくなった。

これまで必死に努力して手に入れてきたものをすべて失うのだと思うと絶望感に駆られ、ケリーは読書をあきらめて泳ぐことにした。泳げば少しは頭がすっきりするだろう。浅瀬には子供連れの家族がおおぜいいたので、ケリーは少し深いところまで泳いだ。しばらくして岸に戻ろうとしたとき、女性の悲鳴が聞こえた。周囲を見まわすと、ゴムボートにつかまった少女がケリーのそばを流されていった。

ケリーは迷わず向きを変え、ゴムボートを追った。ボートは湾の中を渦巻く潮にのり、かなりのスピードで流されていた。波にもまれ、少女は恐怖のあまり体をこわばらせている。ふいに巨大な波が岸に向かって打ち寄せてきた。ゴムボートが高く持ちあげられ、水面にたたきつけられるのを見て、ケリーはぞっとした。悲鳴を聞くまでもなく、少女のか弱い手がボートから離れたのがわかった。

ケリーは必死に泳いでいったが、ボートにたどり着いたときには少女の姿は消えていた。深く息を吸いこんでから水中にもぐると、底に向かって沈んでいく少女が見えた。もっと深いところまでいったら、つかまえられなくなる。ケリーは最後の力を振りしぼって少女の髪をつかんだ。そして彼女を抱きかかえ、水面に向かって上昇した」

岸からこれだけ離れると潮の流れは非常に速く、とても泳いで戻れそうにない。ケリーは少女を仰向けにして、深く息を吸ってから少女の口に空気を吹きこんだ。すると少女がすぐに咳きこみ、いくらか水を吐き出してくれたのでほっとした。あとは助けが来るまでこのまま浮かんでいるしかない。

助けは永遠にこないのではないかと思えた。ケリーは何度か沈みかけ、必死になって水面に顔を出した。モーターボートが到着したとき、彼女はうれしくて泣きそうになった。二人の男性が海に飛びこんできて少女を受け取り、ケリーをボートに引きあげてくれた。だれかが肩から毛布をかけてくれたので礼を言ったが、それよりも少女のことが心配だった。呼吸はしているが、海水が肺に入ると、脈管を通じて肺胞にしみこんでしまう。結果として肺に損傷を与えるだけでなく、肺水腫や低酸素症を引き起こす。少女はまだまだ危険な状態にあった。

「私は医師です」ケリーは言い、少女のそばにかがみこんだ。「彼女を病院に連れていき、急いで必要な処置を受ける必要があります」

男性の一人が携帯電話を取り出し、救急車を要請したので、ボートが岸に近づくころには遠くでサイレンの音が聞こえていた。ケリーはボートを降りると、少女を砂の上に寝かせるように指示した。彼女の母親は心配のあまり気が動転していたが、ケリーが自分は医師だと告げると落ち着きを取り戻した。少女の呼吸が苦しそうなことに気づき、ケリーは顔をしかめた。明らかに肺に海水が入っている。できるだけ早くその水を取り除かなくてはならない。

「お子さんの名前は？」ケリーは母親に尋ねた。

「フランチェスカです」

ケリーは少女を横向きにして、彼女の上にかがみこんだ。「フランチェスカ、さっきみたいに汚い水をもう少し吐き出してほしいの。私が背中をたたくから、がんばってみて」

フランチェスカがかすかにうなずいたので、ケリーは彼女の背中をやさしくたたいた。すると、また少し海水を吐き出してくれた。救急車が到着するころには少女はかなり水を吐き出していたが、病院に着くまではまだ慎重に容体を見守る必要があった。

「あなたも一緒に行っていただけますか？」母親が懇願した。「途中でなにかあったら……」彼女は不安そうに言葉をつまらせた。

ケリーは救急隊員のリーダーの方をちらりと見た。

「かまわなければ、私も一緒に行かせてください」

救急隊員は快く同意し、まもなく一行は車に乗りこんだ。ケリーはモニター装置を監視できるように、寝台のそばにひざまずいた。フランチェスカの血中酸素飽和度は低く、酸素吸入器もあまり役に立っていない。突然、少女の呼吸がとまり、ケリーは即座に救急隊員たちに向かって言った。

「電気ショックの準備をお願いします。その間に私は心肺蘇生法をおこないます」

ケリーは少女の口から二度、空気を吹きこみ、ようすを見た。だが、脈拍が感じられないので、心臓マッサージを始めた。細動除去器の準備が整うとすぐに、ケリーは電極パッドを受け取って少女の胸につけた。

フランチェスカの体に電流が流れた。すぐに効果が出て、彼女の心臓は再び動きはじめた。

「よかった」ケリーは電極パッドを隊員に返し、酸素マスクを少女の口に戻した。ちょうどそのとき救急車が病院に到着したので、ケリーは手伝うために立ちあがった。少女を救急医療部へ運ぶのが早ければ早いほど、助かる確率は高くなる。

ケリーはストレッチャーにつき添って建物に入っ

た。待っていたドクター・マグダレーナ・カヴァリはケリーを見て息をのんだ。「ここでなにをしているの？」

「たまたま海にいたので、ちょっと手伝ったの」ケリーはたいしたことではないというように言った。

「ちょっと手伝ったどころではないはずよ」マグダレーナは急いで少女を蘇生室に運びながら言った。

ケリーは肩をすくめ、蘇生室に着くまでに海でなにが起きたかを簡潔に説明した。そして、あとのことをマグダレーナにまかせてその場を去った。救急医療部を出たとき、ケリーは荷物をすべて海辺に置いてきてしまったことを思い出し、ため息をついた。幸い、貴重品は持っていっていなかったが、着替えをすませたら取りに戻らなくてはならない。

病院の玄関を出ようとしたところで、ケリーは心が沈んだ。入ってくる女性がレティツィアだと気づいたからだ。レティツィアもケリーに気づいて足をとめた。そして、海から上がったままの格好のケリーを見て嘲るように眉をつりあげた。

「あら、まあ、いったいなにをしていたの？　停職になってもちっともこりていないみたいね」

「あなたと話はしたくないの」ケリーはそっけなく言い、レティツィアの横を通り過ぎようとした。

レティツィアはケリーの行く手をふさいだ。「あなたはちょっと知恵が足りなかったようね。ルカと寝れば上級研修医のポストがもらえると思ったんでしょうけど、うまくいかなくてお気の毒さま」

ケリーの血が凍りついた。「どういう意味？」

レティツィアは蔑むように笑った。「とぼけないで。この前の朝、あなたがルカの家から出てくるのを見たのよ。あなたがなにを企んでいるかすぐにわかったけど、責めはしないわ。私だってチャンスがあればきっと同じことをしたでしょうから」

「私は昇進させてもらうためにルカとベッドをとも

にしたわけじゃないわ」ケリーはきっぱりと言った。嘘をついてもしかたがない。本当のことを言って、さっさと話を終わらせよう。ケリーは信じられないと言いたげなレティツィアの顔をじっと見つめた。

「私はルカを愛しているから、彼とベッドをともにしたの。仕事とはまったく関係ないわ」

その日、ルカは仕事をするつもりはなかった。週末はいつもマッテオと過ごすために休みをとるようにしている。だが、ケリーのことが心配で集中できず、仕事に遅れが出ていた。午後、マッテオが昼寝をするとすぐに、彼はマリアにあとを頼んで病院に向かった。二時間ほど仕事を片づけておけば、月曜日は新たな気持ちでスタートを切れる。

ロビーに足を踏み入れ、ルカはため息をついた。時間がたてば状況はよくなると考えたのは楽観的すぎたようだ。ケリーを傷つけてしまったという思いが消えず、ルカは彼女が停職処分を受けた日からろくに仕事が手につかなかった。パオロのカルテを書き替えた人間がいるかどうか調べようとしたが、それはほとんど不可能だとわかった。あまりにも多くの人間が少年のカルテに触れており、そのだれもが犯人になりえた。証拠もないのに、故意に数字を書き替えたとだれかを責めるわけにはいかない。

エレベーターに向かう途中もルカの心は重かった。彼は正面玄関に二人の女性が立っていることには気づかなかったが、自分の名前が聞こえたのでちらりとそちらを見た。するとケリーの姿が目に入り、鼓動が速くなった。なにがあったのかはわからない。しかしケリーのようすを見る限り、深刻な事態のようだ。ルカは急いで二人の方に歩きだしたが、ケリーの言葉が聞こえてぴたりと足をとめた。〝私はルカを愛しているから、彼とベッドをともにしたの〟ケリーはレティツィアにそう告げていた。

頭に血がのぼり、ルカはなにも考えられなくなった。ケリーが急ぎ足で玄関を出ていっても、ルカはその場に根が生えたように動けなかった。彼のわきを通り過ぎていくレティツィアの顔には激しい怒りが浮かんでいたが、彼女のことはどうでもよかった。ルカが心配なのはケリーだけだった。彼女がなぜあんなことを言ったのかわからない。でも、もしあの言葉が真実なら、ケリーが本当に僕を愛しているなら、今こそ行動を起こさなくては。

急いで玄関を出るとケリーの姿はもう見えなかったが、さっきの彼女の格好を考えれば、きっと宿舎に戻ったはずだ。ルカはまっすぐ彼女の部屋へ向かった。ドアをノックする間も心臓が早鐘を打っていた。これから起こることは僕の一生を左右するだろう。ふいに、今まで心にあった疑念がすべて消えた。きっとうまくやれる。ルカはそう確信した。ケリーが必要とするものはなんでも与えるつもりだった。

そして、彼女も僕を必要としてくれるようにと神に祈った。

ドアをノックする音が聞こえたとき、ケリーは麻のスラックスに着替えたところだった。一瞬、彼女は返事をしようかどうかためらった。もしレティツィアだったら、もう話はしたくない。なぜルカを愛しているなんて言ってしまったのだろう？　もうすでに十分面倒をかかえこんでいるのに、ますます問題が大きくなってしまう。

「ケリー、僕だ。ドアを開けてくれ」

ルカの声だとわかり、ケリーは息をのんだ。なにをしに来たのだろう？　この前、彼がここに来たときのことを考えると、ケリーは彼と話す気にはなれなかった。ドアの近くまで行ったが、彼女はドアを開けずに言った。

「今から出かけるところなの。話をしている暇はないわ、ルカ」

「二、三分でいいから話したいんだ、ケリー」ルカは言い張った。「とても重要な話なんだよ」

彼の声があまりにも必死なので、ケリーの心は揺れた。「わかったわ。でも、五分だけよ」彼女は言い、ドアを開けた。

「ありがとう（グラッツェ）」ルカはつぶやき、玄関を抜けて居間へ向かった。

ケリーは深呼吸をしてから彼のあとをついていった。「それで、話というのはなんなの、ルカ？」彼女は冷たく尋ねた。「カルテを書き替えたのがだれかわかったとでもいうの？」

「いや。残念だが、だれが書き替えたか正確に突きとめるのはかなりむずかしい」

ルカの低い声にこもった緊張感に気づき、ケリーは身震いした。冷静さを保つには、意志の力の最後のひとかけらまで振りしぼる必要があった。「まるで私が無実だと信じているような口ぶりね。考え直したわけじゃないんでしょう？」

「いや、考え直したんだ。だが、本当は考え直すまでもなかった」ルカは一歩、ケリーに近づいた。彼の瞳は許してほしいと懇願していた。「君の言うとおりだったよ、ケリー。君があんな間違いを犯すはずがないと、僕はわかっていたはずだった」

ルカが片手を胸に当てるのを見て、ケリーは感情を抑えきれなくなった。彼女にとって今週は人生最悪の一週間だったが、突然、ルカが自分を信じてくれているとわかったのだ。ケリーはあまりにも動揺していて、すぐにはその事実を受け入れられなかった。彼女の頬を涙が流れ落ち、ルカはうめき声をもらした。

「泣かないでくれ、いとしい人（カーラ）。お願いだ。君の涙を見るのは耐えられない。わかってる、みんな僕のせいだ」

ルカはケリーを抱き寄せて彼女の髪を撫でながら、やさしく慰めの言葉をつぶやいた。ケリーはルカにしがみつき、これまでの恐怖やつらさを訴えるようにすすり泣いた。どれくらいそうしていただろう。ドアをノックする音が聞こえ、ケリーは顔を上げた。

「レティツィアなら、話したくないわ」ケリーはとぎれとぎれにつぶやいた。

「大丈夫だ。僕が追い払ってくる」ルカはきっぱりと言い、玄関に向かった。

ケリーはカウチに座りこんだ。激しい感情がこみあげ、まだ体が震えていた。なぜ突然、ルカの考えが変わったのかはわからないが、そんなことはどうでもよかった。とにかく彼が私の無実を信じてくれたのだから。ルカの助けがあれば、無実を証明する手だてを見つけられるかもしれない。そう思うと、ケリーの心に幸せがあふれた。

「アルドだったよ。これを君に返してくれと言っていた。君が海辺に置いてきたものらしい」

ルカがタオルとバッグを持っているのを見て、ケリーは驚いた。「でも、アルドはなぜこれが私のものだとわかったのかしら？」

「彼も海辺にいて、君が少女を助けるところを見ていたそうだ」ルカはケリーの隣に座り、彼女の手を取ってそのてのひらにキスをした。「美しく勇敢なイギリス人の医師が、みんなの噂になっているらしい」

ケリーは顔を赤らめた。「あの場にいたら、だれでも同じことをしたはずよ」

「いや、そんなことはないよ、カーラ。君は特別な女性だ、ケリー・カーライアン」

ルカのやさしげな瞳を見て、ケリーの体に再び興奮が広がった。ルカが最後にこんなふうに彼女を見てからまだ一週間しかたっていないのに、彼が恋しくてたまらなかった。もし二人がまた付き合うなら、その前にすべての誤解を解いておかなくてはならない。もちろん、ルカにその気があればの話だが。

「私は絶対にインシュリンの量を間違えていないわ、ルカ。証明はできないけど、絶対に。だれかが数字を書き替えて、私のミスにしたのよ」

「だから僕たちは犯人を見つけ出し、必ずその人物を罰しなくてはならない」ルカは静かに言った。

「じゃあ、本当に私を信じてくれるのね？」ケリーの目に再び涙があふれた。

「ああ。自分でもなぜ君を疑ってしまったのかわからない」ルカはケリーの両手をきつく握った。「だが、たぶん僕が人を信じられないせいだろう」

「お母さまに捨てられたから？」

「ああ」ルカはため息をついた。「僕がどうしてこんなふうに感じるか、君もわかるだろう？　僕は子供のころに人間なんて信じられないと思い知らされ、それ以来、ずっとそう思いつづけてきた。施設で暮らしているとき、僕もほかの子供たちと同様、虐待を受けた。それが僕の人生観に暗い影響を与えているんだ」

「虐待？」ケリーはぞっとしたように繰り返した。「まさか性的なものじゃないでしょうね？」

「ああ。それだけは感謝している。僕たちが受けたのは、ほとんどが精神的な虐待だった。もちろん、殴られたこともあったが、最も傷ついたのは、僕たちに対する愛情がまったく存在しなかったこと、おまえはなんの価値もない人間だと繰り返し言われつづけたことだった。僕も含めて、あの施設にいた子供たちは全員、心に深い傷を負っていた」

「ああ、ルカ、本当にごめんなさい。まったく知らなかったわ」ケリーはルカの手をぎゅっと握った。たとえなにもできないとしても、昔、彼に起きた出来事に自分が心を痛めていることを知ってほしかった。

「グラッツェ、カーラ。僕が君にしたことを考えれば、そう言ってもらえるだけで十分だ」

ルカがそこでいったん言葉を切ったとき、ケリーは気づいた。彼はもっと重大なことを言うために、勇気を奮い起こそうとしているのだと。それがなにかはわからないが、その話を聞いたせいで私の気持ちが変わることはない。過去にどんなことがあろうと、私は彼を心から愛している。

「ソフィアも同じ施設にいたんだ。事情は僕と違っていたがね。彼女の両親は交通事故で亡くなり、親戚(しんせき)もいなかった。だからその施設に連れてこられたんだ。おとなしい彼女はみんなにいじめられていた。それを僕がかばってやり、二人は心からの友達になった」

「一緒につらい経験をしてきたのね」ケリーはそう言いつつも、二人の親密さに嫉妬(しっと)している自分がいやになった。

「ああ。言葉では説明できない。僕たちがどれくらい死にもの狂いで慰め合える相手を必要としていたかは、あの場にいなければわからないと思う」ルカは暗い日々の記憶に負けまいとするように、呼吸を整えた。「あのころの僕にとって、ソフィアだけが唯一の友達、大切な相手だった」

「そして、あなたたちは大人になってもお互いを大切に思いつづけたのね？」

「ああ」ルカはケリーを見た。彼の瞳には断固とした決意が浮かんでいた。「彼女を守るためなら、僕はなんでもするつもりだった。結婚も含めて」

「よくわからないわ」ケリーはゆっくりと言った。「彼女を愛しているから、結婚したんでしょう？ 彼女はあなたの子供を身ごもっていたんだもの」

「違うんだ」ルカはケリーの目をまっすぐ見つめた。「僕はマッテオの父親ではないんだよ」

18

「マッテオの父親ではないって……どういう意味？　わからないわ」

ショックを受けたケリーの声を聞き、ルカは全身に血が勢いよく駆けめぐるのを感じた。こんなふうにいきなり打ち明けたりせず、もっと違う方法で話すべきだった。だが、いったん話しはじめたら、途中でやめるわけにはいかない。ルカはじっとしていられず、部屋を行ったり来たりしはじめた。

「マッテオは生物学的には僕の息子ではないんだ。ソフィアは妻のいる男と付き合っていた。だが、妊娠したことを告げるとその男は彼女のもとを去り、二度と連絡してこなかった」

「あなたはそれを知っていながら、彼女と結婚したの？　赤ちゃんがあなたの子供ではないとわかっていたんでしょう？」

「もちろんだ」ルカはカウチの前で足をとめた。「ソフィアと僕は恋人同士ではなかった。僕たちは兄と妹のような関係だったんだ」

「そう」ケリーは青ざめた顔でゆっくりと言った。「だったら、なぜ彼女と結婚したの？」

「子供のためにそうしてくれと、彼女に頼まれたからだ」

ルカは椅子に腰を下ろしたが、今度はケリーの手を握らなかった。この話を聞いたあとも僕と一緒にいたいかどうか、ケリー自身に決めてもらわなくてはならない。話を終えたときに彼女がどんな結論を出すか考えると怖くなり、ルカは急いで続けた。

「ソフィアは子供が成長するまで自分が生きられないことを知っていた。だからなんとかして、子供が僕たちのいたような施設に送られないようにしたがった。それで僕に結婚してくれと頼んだんだ。そうすればマッテオは僕の子供となり、施設に送られる心配はなくなるから」

「それであなたは、イタリアに戻るとすぐに彼女と結婚したのね？」

「ああ。重い病気の彼女に子供の将来を心配させたくなかった」

「なぜもっと早くその話をしてくれなかったの？」

「秘密にすると、ソフィアに約束したんだ」

「でも、あなたは今、話してくれたわ」ケリーはあえて言った。

「君に真実を知ってほしかったんだ、ケリー。僕は君を信じている。君がマッテオを傷つけるようなことはしないとわかっている」

「ありがとう」ケリーはかすれた声で言った。この秘密を私に打ち明けるのに、ルカは大変な勇気がいったはずだ。これまで彼は人を信じなかったのに、今、私を信じてくれた。そのことはケリーにとって言葉にできないほどの大きな意味を持っていた。彼女はルカの両手を握った。「今、あなたが話してくれたことは、一生だれにも言わないと誓うわ」

「わかってるよ」ルカがやさしさに満ちた笑みを向けたので、ケリーは思わず彼の唇にキスをした。

「マッテオが大きくなって理解できるようになったら、本当のことを話すつもり？」ずっとルカの腕に抱かれていたいという気持ちを抑え、ケリーは体を離して尋ねた。

「ああ。ソフィアはそう望んでいたし、僕もそれが正しいことだと思う。彼女はすべてを告白する手紙をマッテオに書いたから、それを見せるつもりだ。彼が真実をしっかり受けとめることのできる強い子に育っていてくれるといいが」

「あなたがいる限り、マッテオは大丈夫よ。あなたほどすばらしい父親はいないわ」

「ありがとう」ルカは再びほほえんだ。「君にそう言ってもらえると、とても心強い。僕たちの間に起きたことを考えれば、君には決して許してもらえないと思っていた」

「今はあなたがなぜあんなことをしたのかわかったんだから、もちろん許すわ。あなたにはほかに選択肢がなかった。もしあなたが苦しんでいるソフィアを突き放したりしたら、私は幻滅したでしょう」

「じゃあ、点数を稼げたかな？」ルカはからかうような口調で尋ねたが、その目はひどく真剣だった。

「ええ……まあね」ケリーは言い、立ちあがろうとした。この会話がどこへ向かうのか不安になったからだ。しかしルカは彼女を行かせてくれなかった。

「つまり、君は今でも僕を大切に思ってくれているということかい？」

「ええ」喉がつまったような声になってしまったが、どうしようもなかった。もしルカを愛していると打ち明けても、彼は聞きたくないかもしれない。

「僕も君を大切に思っているよ、いとしい人（カーラ）」ルカはケリーを引き寄せ、唇にそっとキスをした。「愛してるんだ、ケリー。本当は、ずっと愛していた」

「あなたは私を愛しているの？」

「ああ。そして、君も僕と同じ気持ちではないかと思っている」

ルカの言葉が宙ぶらりんのまま漂った。ケリーの鼓動はたちまち速くなったが、彼女が口にするべき言葉は一つしかなかった。

「私もあなたを愛してるわ、ルカ。あなたのことはもう乗り越えたと思っていたけど、ここで再会して、そうではなかったと気づいたの。そして、あなたが私のもとから去っていった理由がわかった今、以前よりもっと深くあなたを愛している」

ルカはケリーをしっかりと抱き締めた。「これからの人生を君と一緒に過ごせるなら、僕はなにもいらない」

ケリーは笑った。「私もよ。どうして二人とも、もっと早く正直になれなかったのかしら？」

「僕は、自分の気持ちを伝えることで君の人生をだいなしにしたくなかった」ルカの顔はひどく真剣だった。「君にとってキャリアがどれほど大切か知っていたから、それをだめにしたくなかったんだ」

「どうしてそんなことになるの？」ケリーは困惑して尋ねた。

「時代が進んだとはいえ、まだまだ女性がトップにのぼりつめるのは大変だ。ましてや結婚しているとなると……」ルカは言葉を切り、ため息をついた。

「それで、私から距離をおいたほうがいいと思ったのね？」

「君を守るにはそうするしかないと思った。君を愛しているから、二度と傷つけたくなかったし、君を追い払うことになってもしかたがないと思った」

「それでもかまわないと私が言ったら？　キャリアも大事だけど、あなたのほうがもっと大事だと言ったら？」ケリーはルカの顔を両手ではさんだ。

「まずは宙返りして喜び、そのあと、君が間違いを犯しているのではないかと心配するだろうな。最終的に僕のせいで人生がだめになったと君に思われたら、耐えられないから」

「絶対にあなたのせいになんかしないわ」ケリーは断言した。「あなたのそばにいて、キャリアは保留にすると決めたら、それは私の決断よ」

「だが、君はとても優秀な医師だ。じゃまさえ入らなければ、必ずトップにのぼりつめられる」

「愛が〝じゃま〟だとは思わないわ。愛は神様からのすばらしい贈り物よ」ケリーはルカの唇にキスをしてほほえんだ。「私がどれほどあなたを愛しているか、教えてあげるわ」

二人はそのまま居間で午後の日差しを浴びながら愛し合った。そしてケリーは自分が正しい決断を下したと確信した。彼女は仕事が好きだったし、成功を望んでいたが、キャリアよりもルカのほうが大事だった。彼とマッテオは彼女の世界のすべて、人生そのものだった。

ルカの腕に抱かれたままケリーがそう伝えると、彼は喜びの涙を流した。ケリーはルカを抱き締め、やさしく彼の髪を撫でながら、自分が彼にとってどんなに大きな存在かを悟った。

この深遠な瞬間を私は一生忘れないだろうと、ケリーは思った。それに、どんなことがあってもルカの信頼を裏切ってはならないと。二人はお互いを愛し、大切に思っていた。二つの人生は今、美しく完全な一つの人生になろうとしていた。

エピローグ

「ルカ、やめて！　もうすぐタクシーが来るのに、まだ荷造りが終わってないのよ」ケリーはなんとかルカの腕から抜け出した。

彼はすぐにまたケリーをとらえ、キスをした。

「飛行機に乗り遅れたら、次の便に乗ればいいさ」

「それで、乗り遅れた理由を姉になんて説明するの？」枕に体を押しつけられながら、ケリーは尋ねた。もちろん、本当にいやがっているわけではなかった。一緒に暮らしはじめて一カ月、ルカの腕の中にいるときほど幸せなときはない。でも、とりあえず抗議しておかないと、結婚してからなんでも自分の思いどおりになると彼に思われてしまう。

結婚のことを考えると、ケリーの体に興奮の震えが走った。ケリーとケイティはキプロスで合同結婚式を挙げることにしていた。式のあと、ケリーとルカとマッテオは、パポスにあるケイティとその夫クリストスの家で一カ月ほど過ごし、ケイティとクリストスはその間、サルデーニャのこの家で過ごすことになっている。それは完璧な計画で、ケリーは心から楽しみにしていた。

「彼女も恋をしているんだ。説明なんかしなくてもわかってくれるさ」ルカは言い、再びキスをした。その長いキスのせいでケリーは呼吸ができなくなり、旅行の準備のことも忘れてしまった。

ケリーはルカの首に腕をまわし、ため息をついた。

「私たち、飽きるってことがないのかしら?」

「百歳になってもこのままだろうな」ルカは答え、いたずらっぽく笑った。

「もしそうなら、ギネスブックに載るわね」ケリーはもう一度キスをして、ルカの腕を逃れた。「荷造りをしてしまうから、おとなしくしていて」

ルカは裸の胸の前で腕を組み、横目でケリーを見た。「努力するよ」

「そうしてちょうだい」ケリーは言い、スーツケースに下着を詰めこんだ。一番大事なウエディングドレスはすでに詰めてあるが、どうしてももう一度見たくなり、衣装ケースのファスナーを開けた。

それはアンティークのレースを使ったとても美しいドレスで、スカート部分は大きくふくらみ、長いトレーンがついている。ベールはマリアが自分の結婚式で身につけたもので、ぜひ使ってほしいと貸してくれた。ケリーは二日後の結婚式が本当に待ちどおしかった。だが、人生で最も幸せなそのときを迎える前に、荷造りをすませなくてはならない。

ケリーは部屋を歩きまわり、すべての荷物をベッドの上に並べた。幸い、マッテオの荷造りは夜のうちにすませておいたので心配ない。幼い彼はまったく事情を理解していないが、とにかく三人でどこかに遊びに行くのがうれしくて、とても興奮していた。マッテオは今ではケリーを家族の一員と思っていて、彼女のほうもますますマッテオがいとおしくなっていた。将来、ルカとの間に子供ができても、マッテオに対する気持ちは変わらないだろう。マッテオは特別な子供だ。成長したとき、自分は愛され、必要とされていたと彼に感じてもらえるように、ケリーはどんな努力もするつもりだった。

「さあ、これで……いけない。靴を忘れるところだったわ」ケリーは引き出しの下から靴箱を出し、スーツケースに押しこもうとしたが、困ったようにつぶやいた。「入らないわ」

「僕が入れよう」ルカはベッドから出ると、靴箱を受け取って自分のスーツケースに手際よく詰めた。

「さあ、できた。これで全部かい？」

「たぶん」そう答えつつ、ケリーはルカの裸が気になってしかたがなかった。

「急がないといけないんだろう？」ルカは言い、にやりとしてケリーを抱き寄せた。

「ええ」彼女はつぶやいたが、そのとき玄関の呼び鈴が聞こえ、驚いて叫んだ。「大変！　もうタクシーが来たのかしら？」

ルカはケリーを放し、窓に近づいた。「郵便局の車だ。僕が出よう」

「私はタクシーが来る前にシャワーを浴びてくるわ」ケリーはため息をついて言った。

ケリーがシャワーを浴びて戻ってくると、ルカは手に一通の手紙を持ってベッドに座っていた。

「それはなに？」

「調査委員会から君宛の手紙だ。決定が下されたら、すぐに知らせてくれることになっていたからね」

ケリーの心は沈んだ。結婚式の準備に追われ、委員会の決定についてはあまり考えていなかった。それに、恐れていたほどひどい事態にはなっていなかった。ケリーからレティツィアに関する疑惑を聞いたルカは、いくつか調査をしてくれた。その結果、パオロが朝のインシュリン注射を受ける直前、レティツィアが彼のカルテを持っているところを目撃されていることがわかった。ほかにも彼女の奇妙な行動がいくつか発見された。それは偶然の一致では片づけられなかった。

どうやら、レティツィアがサルデーニャに来る前に勤めていた病院でも似たような事件が起きていたらしい。だが、なんの責任も負わされなかったため、推薦状にもそのことは書かれていなかった。

ルカがレティツィアを呼んで問いただすと、はっきりと認めはしなかったが、今回の件が彼女のしわざだったことは明らかだった。ルカは彼女に、辞職するか、調査委員会の取り調べを受けて解雇されるか、どちらかを選ぶようせまった。

レティツィアは最初の選択肢を選んで病院を去り、結果的には自分が犯人だったと認めることになった。ケリーは同僚たちに無罪だとわかってもらえてほっとしたものの、調査委員会にさらなる無実の証拠を要求されたらと思うと不安でたまらなかった。

「それで？」ルカがもどかしげに尋ねた。「なんだって？」

「疑いは晴れたそうよ」手紙を読んだケリーはうれしそうにほほえんだ。「今回の件について私の責任は問われないと書いてあるわ」

「よかった」ルカはケリーを抱き寄せ、長いキスをした。「僕が一度、君を疑ったことを許してくれるかい、いとしい人（カーラ）？」

「ええ。でも、償いをしてもらわないと」

「どんな償いだい？」ケリーの背中を撫（な）でながら、ルカは尋ねた。

「じっくり考えてみるわ」ケリーはささやいたが、彼の手がやさしくヒップを包みこむと息がとまった。

「君がふさわしい償いを考えている間、僕が時間をつぶしてあげよう」

ルカは乱れたシーツの上にケリーを下ろし、激しく唇を求めてきた。ケリーも彼の首に腕をまわし、自分の隣に引き寄せた。

「ふさわしい償いを考えつくには、少し時間がかかるかもしれないわ」彼女は言った。

「いいとも」ルカは再びキスをして、ケリーの胸に触れた。「長くかかればかかるほどいい」

ケリーは目を閉じ、情熱の海に身をまかせようとした。だが、そのとき窓の外で車のクラクションが鳴った。「タクシーだわ！」ケリーは必死に体を起こして叫んだ。

ルカはケリーの背中を枕に押しつけた。「今は忙しいから、あとでもう一度来てくれと言ってくる」

「でも、飛行機はどうするの？」

「ほかの便を予約しよう。心配いらないよ、カーラ。結婚式が始まるまでには必ずキプロスに連れていくから。だが、この世には飛行機の時間より大切なものがあるんだ。どんなに君を愛しているか示すことが、僕にとっては最優先なんだよ」

「私もあなたを愛してるわ」ケリーはささやいた。

ルカが部屋を出ていくと、ケリーは目を閉じた。彼の言うとおり、この世に二人の愛より大切なものはない。私たちはもう少しでお互いを失うところだった。それを思うと、二人で一緒にいる時間がいっそう貴重なものに感じられる。

ケリーは結婚の誓いを立てる瞬間について思いをめぐらした。その瞬間から、二人は二度と離れることはないのだ。

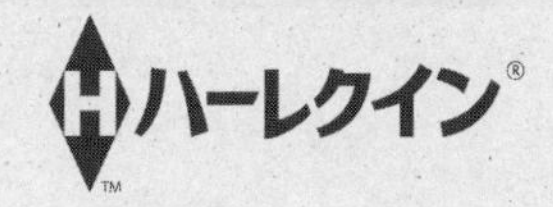

ハーレクイン・イマージュ　2008年9月刊（I-1965）

瞳の中の切望

2024年4月20日発行

著　　者	ジェニファー・テイラー
訳　　者	山本瑠美子（やまもと　るみこ）
発 行 人	鈴木幸辰
発 行 所	株式会社ハーパーコリンズ・ジャパン 東京都千代田区大手町 1-5-1 電話 04-2951-2000（注文） 0570-008091（読者ｻｰﾋﾞｽ係）
印刷・製本	大日本印刷株式会社 東京都新宿区市谷加賀町 1-1-1
表紙写真	© Alkan2011 ｜ Dreamstime.com

ISBN978-4-596-53851-2 C0297

4月26日発売

ハーレクイン・シリーズ 5月5日刊

ハーレクイン・ロマンス

愛の激しさを知る

独りぼっちで授かった奇跡	ダニー・コリンズ／久保奈緒実 訳	R-3869
億万長者は天使にひれ伏す《純潔のシンデレラ》	リン・グレアム／八坂よしみ 訳	R-3870
霧氷《伝説の名作選》	ベティ・ニールズ／大沢　晶 訳	R-3871
ギリシアに囚われた花嫁《伝説の名作選》	ナタリー・リバース／加藤由紀 訳	R-3872

ハーレクイン・イマージュ

ピュアな思いに満たされる

生まれくる天使のために	タラ・T・クイン／小長光弘美 訳	I-2801
けなげな恋心《至福の名作選》	サラ・モーガン／森　香夏子 訳	I-2802

ハーレクイン・マスターピース

世界に愛された作家たち
～永久不滅の銘作コレクション～

情熱は罪《特選ペニー・ジョーダン》	ペニー・ジョーダン／霜月　桂 訳	MP-93

ハーレクイン・ヒストリカル・スペシャル

華やかなりし時代へ誘う

路地裏をさまよった伯爵夫人	アニー・バロウズ／琴葉かいら 訳	PHS-326
ふたりのアンと秘密の恋	シルヴィア・アンドルー／深山ちひろ 訳	PHS-327

ハーレクイン・プレゼンツ作家シリーズ別冊

魅惑のテーマが光る
極上セレクション

秘密の妻	リン・グレアム／有光美穂子 訳	PB-384

※予告なく発売日・刊行タイトルが変更になる場合がございます。ご了承ください。

今月のハーレクイン文庫

4月刊 好評発売中！

Harlequin 45th Anniversary

帯は1年間"決め台詞"！

珠玉の名作本棚

「愛にほころぶ花」
シャロン・サラ

癒やしの作家S・サラの豪華短編集！　秘密の息子がつなぐ、8年越しの再会シークレットベビー物語と、奥手なヒロインと女性にもてる実業家ヒーローがすれ違う恋物語！

（初版：W-13,PS-49）

「天使を抱いた夜」
ジェニー・ルーカス

幼い妹のため、巨万の富と引き換えに不埒なシークの甥に嫁ぐ覚悟を決めたタムシン。しかし冷酷だが美しいスペイン大富豪マルコスに誘拐され、彼と偽装結婚するはめに！

（初版：R-2407）

「少しだけ回り道」
ベティ・ニールズ

病身の父を世話しに実家へ戻った看護師ユージェニー。偶然出会ったオランダ人医師アデリクに片思いするが、後日、彼専属の看護師になってほしいと言われて、驚く。

（初版：R-1267）

「世継ぎを宿した身分違いの花嫁」
サラ・モーガン

大公カスペルに給仕することになったウエイトレスのホリー。彼に誘惑され純潔を捧げた直後、冷たくされた。やがて世継ぎを宿したとわかると、大公は愛なき結婚を強いて…。

（初版：R-2430）